書下ろし

孤高の傭兵

傭兵代理店・斬

渡辺裕之

祥伝社文庫

目次

『孤高の傭兵』関連地図

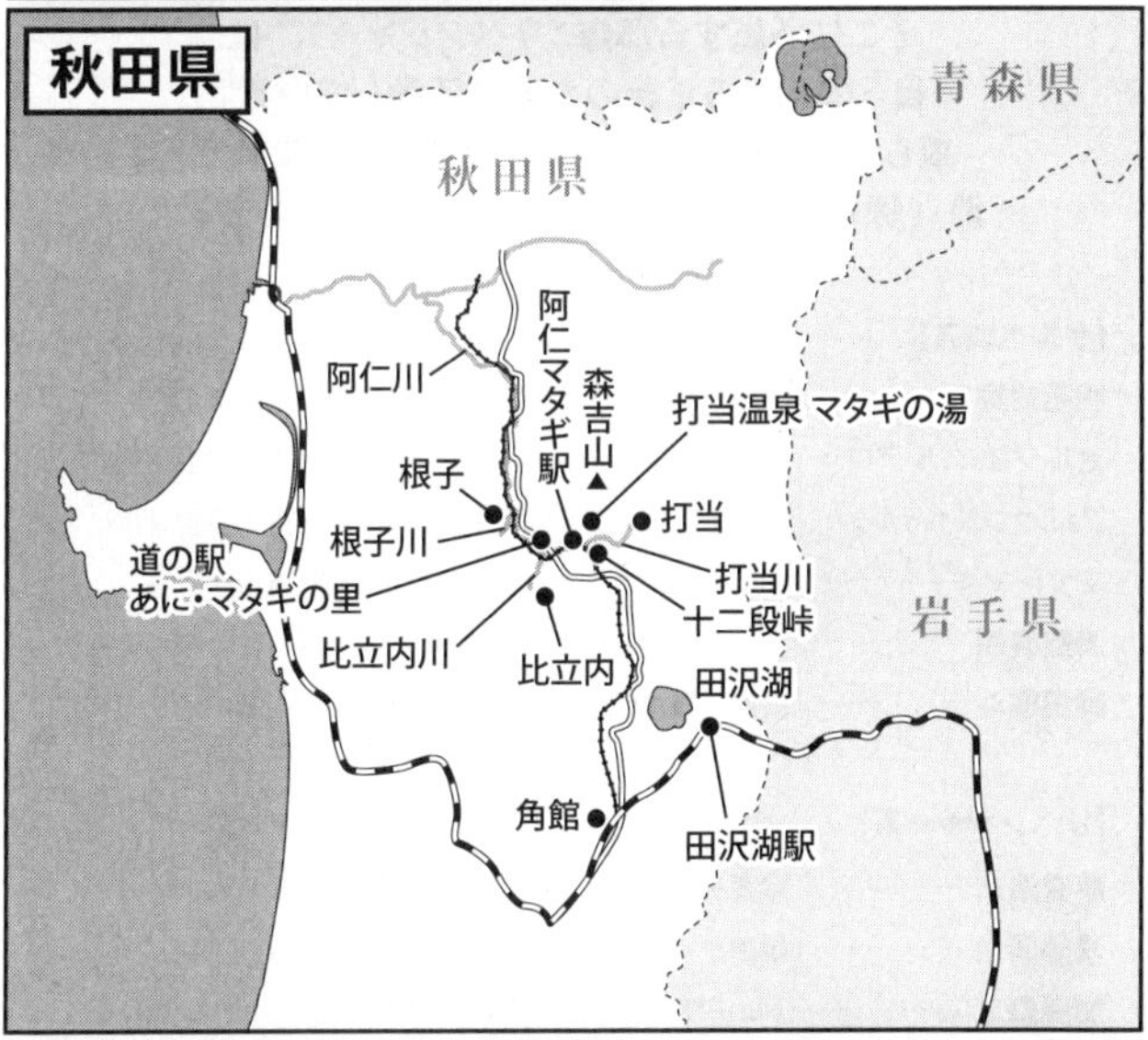
秋田県
青森県
秋田県
岩手県
阿仁川
阿仁マタギ駅
森吉山
打当温泉 マタギの湯
根子
打当
根子川
道の駅
あに・マタギの里
打当川
十二段峠
比立内川
比立内
田沢湖
角館
田沢湖駅

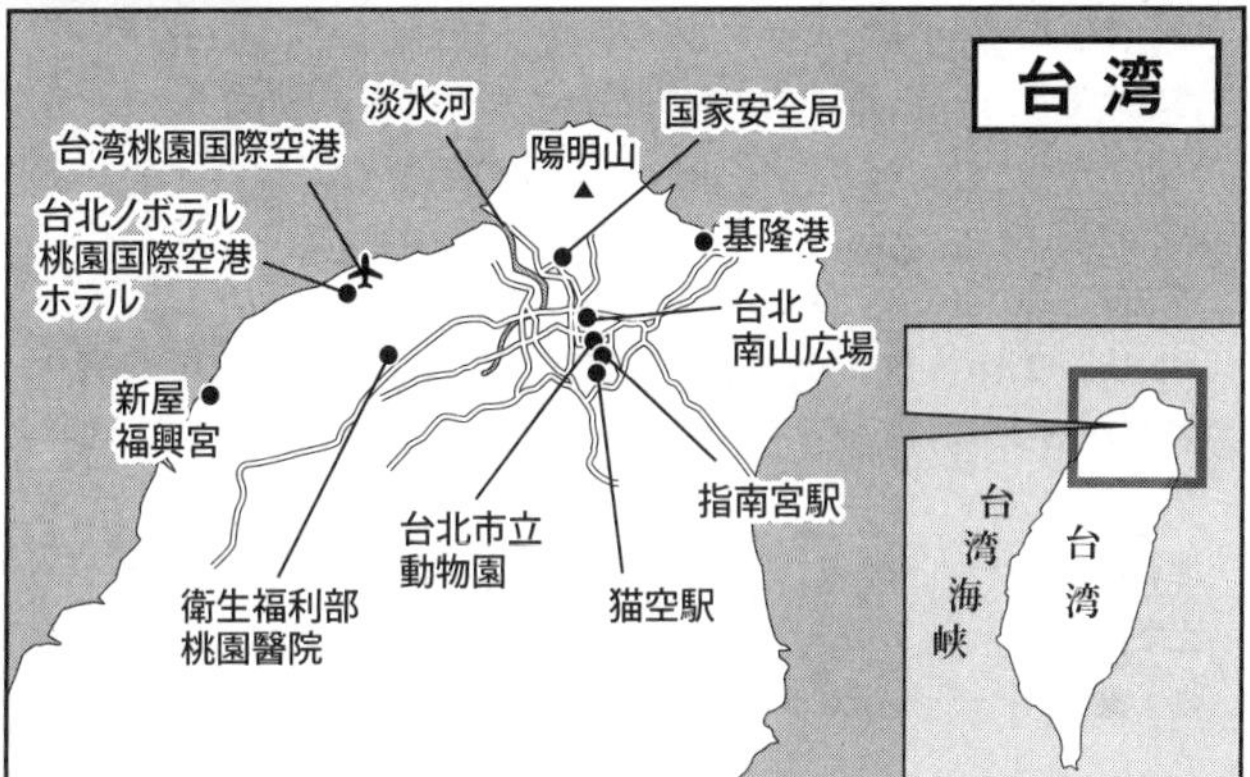
台湾
淡水河
国家安全局
台湾桃園国際空港
陽明山
台北ノボテル
桃園国際空港
ホテル
基隆港
台北
南山広場
新屋
福興宮
指南宮駅
台北市立
動物園
衛生福利部
桃園醫院
猫空駅
台湾海峡
台湾

各国の傭兵たちをサポートする「傭兵代理店」。
そこに所属する部隊“リベンジャーズ”は
自らの信じる正義のために活動している。
彼らと志を同じくし、弱者を守るために戦う
傭兵特殊部隊――それが“ケルベロス”である。

【ケルベロス】

明石柊真 ……………… 「バルムンク」。フランス外人部隊の精鋭“GCP”出身。
セルジオ・コルデロ … 「ブレット」。元フランス外人部隊隊員。狙撃の名手。
フェルナンド・ベラルタ … 「ジガンテ」。元フランス外人部隊隊員。爆弾処理と狙撃が得意。
マット・マギー ………… 「ヘリオス」。元フランス外人部隊隊員。航空機オタク。
浅野直樹 ……………… 「信長」。元陸自隊員。第一空挺団に所属していた。
岡田優斗 ……………… 「政宗」。元陸自隊員。浅野と共に第一空挺団に所属していた。

【リベンジャーズ】

藤堂浩志 ……………… 「復讐者(リベンジャー)」。元刑事の傭兵。
浅岡辰也 ……………… 「爆弾グマ」。浩志にサブリーダーを任されている。
加藤豪二 ……………… 「トレーサーマン」。追跡を得意とする。
田中俊信 ……………… 「ヘリボーイ」。乗り物ならば何でも乗りこなす。
宮坂大伍 ……………… 「針の穴」。針の穴を通すかのような正確な射撃能力を持つ。
瀬川里見 ……………… 「コマンド1」。元代理店コマンドスタッフ。元空挺団所属。
村瀬政人 ……………… 「ハリケーン」。元特別警備隊隊員。
鮫沼雅雄 ……………… 「サメ雄」。元特別警備隊隊員。
ヘンリー・ワット ……… 「ピッカリ」。元米陸軍デルタフォース上級士官(中佐)。
マリアノ・ウイリアムス … 「ヤンキース」。ワットの元部下。医師免許を持つ。

池谷悟郎 ……………… 「ダークホース」。日本傭兵代理店社長。防衛庁出身。
土屋友恵 ……………… 「モッキンバード」。傭兵代理店の凄腕プログラマー。
森　美香 ……………… 元内閣情報調査室の特別調査官。藤堂の妻。

プロローグ

午前三時四十二分。東シナ海上空。アジアン航空851便、コックピット。

副機長は意識を失ったまま目覚める様子はない。背後の補助席に移動させた機長の体は、すでに冷たくなっている。

機長席に座った明石柊真《あかししゅうま》は深呼吸をすると、操縦桿《かん》であるサイドスティックを握りしめ、その感触を確かめた。

――四回目の旋回を開始してくれ。バンク角は二八度。

パイロットの資格を持つ田中俊信《たなかとしのぶ》の声が、ヘッドセットから聞こえてくる。彼の指示ですでに進路はセットしてある。

「了解」

バンク角を二八度になるようにサイドスティックを右に倒す。姿勢指示器に表示されるバンク角が徐々に二八度になり、進路に達する直前にゆっくりとサイドスティックを戻す。翼が水平になった時点で、誤差なく進路に機首が向く。ロールアウトのタイミングも分かってきた。

——さすがだね。

田中は指示をしなくても柊真がロールアウトをしたので感心しているようだ。最終の五回目の旋回は二十七分後の予定である。ここまできたら、着陸の準備を淡々と進めるだけだ。後は気を失っている副操縦士を叩《たた》き起こせばいい。

「えっ？」

オートパイロットのボタンを押そうとした柊真は首を傾《かし》げた。警告音が鳴り響き、メインパネルにある第二エンジンの出力と回転数を示す二つの計器が作動していない。エンジンがいつのまにかダウンしているのだ。

——第二エンジンが動いていない。点火して再起動してくれ。

田中は落ち着いた声で指示してきた。柊真がパニックに陥《おちい》らないように気を遣《つか》っているのだろう。

「了解」

柊真はスタートボタンを押し、エンジンの再点火を試みた。出力と回転数が上がり、再び標準値で動き始める。何らかの理由で、エンジンに燃料が供給されていなかっただけなのかもしれない。

「いいぞ！」

柊真はオートパイロットのボタンを押した。

十数秒後、第二エンジンの出力と回転数が再び落ちた。

柊真は再びエンジンを点火する。だが、数秒でエンジンの出力と回転数はダウンし、ゼロになった。第二エンジンは完全に停止したのだ。

「くそっ！」

柊真の額《ひたい》から冷たい汗が流れ落ちた。

マタギの村

1

二〇二四年六月四日、午後一時十分。

雨沫《しぶき》を纏《まと》った秋田新幹線こまち17号が、田沢湖《たざわこ》駅に停車した。

数日前に消滅した台風1号をきっかけに、東北地方は雨が断続的に降り続いている。

黒いキャップを被《かぶ》った明石柊真はバックパックを担《かつ》ぎ、ホームに降り立った。

東京の気温は二十一度だったが湿度が高いため、少し蒸す感じがした。秋田の湿度はともかく気温は十八度で、かなり涼しく感じる。

身長一八四センチ、体脂肪率を一〇パーセントにまで絞り込み、体重は九六キロに維持している。現在はパリを拠点にしており、郊外ヴィスーに〝スポーツ・シューティング〟デュ・クラージュ（Du courage）〟という射撃場をフランスの外人部隊出身の仲間と共同で経営していた。本業はと言えば、日本では口にするのも憚《はばか》られる傭兵である。

実家は先祖代々古武道の疋《ひき》田《た》新陰《しんかげ》流を伝える家系であった。柊真の兄柊一《しゅういち》が家督を継ぎ、サラリーマンを続けながら自宅に隣接する道場で門下生に指導をしている。

次男の柊真は子供の頃から祖父妙仁《みょうじん》に武道の才能を認められて目をかけられていたが、家督は長男の兄が継ぐべきだと思っていたので興味はなかった。傭兵という職業を選んだのは、妙仁の弟子ともいえる藤《とう》堂《どう》浩《こう》志《じ》に憧《あこが》れたからである。

浩志は元警視庁捜査一課の刑事であったが、殺人の濡《ぬ》れ衣《ぎぬ》を着せられて辞職に追い込まれた。だが、自分を陥《おとしい》れて国外に脱出した犯人が、フランスの外人部隊に身を隠したという情報を得て自ら外人部隊に入隊している。執念で犯人を逮捕し、そのまま世界を渡り歩く傭兵として活躍していた。

柊真は浩志の人間性に惚《ほ》れ込んでいるが、第一印象は最悪であった。というのも、彼をつけ回すテロ組織に、父紀之《のりゆき》が暗殺されたからである。背格好が浩志に似ていたため、間違えて殺されたのだ。十七歳という若さもあったが、浩志を憎むことでその苦しみを忘れようとし、彼を闇討ちしようとしたこともある。その度に叩《たた》きのめされたのだが、彼の絶対的な強さに畏敬《いけい》を覚え、いつしか憧れへと変貌《へんぼう》していった。

浩志は腕利《き》きの仲間を集めて〝リベンジャーズ〟という傭兵特殊部隊を作り、様々な任務を受けている。彼は金目当てに仕事を引き受けることはしないという信念を堅持し、仲間にも任務以外で身を立てるように求め、それを実践していた。

柊真は浩志に倣《なら》って二〇二〇年に外人部隊の同期の四人で〝ケルベロス〟という傭兵特殊部隊を結成し、パリ郊外に射撃場を作って生計を立てている。四人は外人部隊の中でも勇猛で知られた第二外人落下傘連隊の第一中隊に所属していた。柊真は、さらに選び抜かれたコマンドグループ（特殊部隊）ＧＣＰの隊員だった経験を持つため、ケルベロスのリーダーになっているのだ。

任務は主に〝七つの炎〟という外人部隊の互助会でもあり秘密結社でもある組織から受けており、二〇二二年にはメンバーが倍の八人になるほど順風満帆《じゅんぷうまんぱん》であった。だが、同年十一月、フランス政府から極秘の任務を受けてウクライナの紛争地域で活動している最中、ロシアの特殊部隊に襲撃され、ウィリアム、マルコら若い四名のメンバーを殺害されている。

その後、残った仲間とともにリベンジャーズと共同で作戦を遂行し、翌年にウクライナの戦線から離脱した。対侵略戦争はウクライナ、ロシアともに砲撃とミサイル、それにドローンで敵を殲滅《せんめつ》させる消耗戦になっており、もはやケルベロスの闘い方の領分ではないと判断したからである。

ウクライナでは苦い経験を味わったが、悪いことばかりでもなかった。空爆で崩壊した集合住宅の瓦礫《がれき》の下から救い出した二人の日本人義勇兵が、ケルベロスの仲間となったのだ。

改札を出た柊真は、ガラス張りの洒落《しゃれ》た造りの田沢湖駅舎を出て、大きなガラスのシェードの下に立った。

「明《あきら》さん。こっちです」

ケルベロスの仲間に加わったばかりの浅野直樹《あさのなおき》が、十時の方角から手を振っている。瓦礫の下から救った日本人義勇兵の一人だ。彼が柊真を〝明〟と呼ぶのは、外人部隊時代の偽名「影山明《かげやまあきら》」を未《いま》だに使っているからである。今では本名での登録もできるそうだが、柊真がいた頃はアノニマス制度があり、偽名を使うことが義務付けられていたのだ。

柊真とケルベロスを立ち上げた他の三人も、外人部隊時代の偽名を未だに使っている。狙撃の名手であるセルジオ・コルデロ、爆弾のプロであるフェルナンド・ベラルタ、それに様々な航空機の操縦ができるマット・マギー――彼らもまた偽名である。馴染《なじ》みがあるというだけでなく、本名を使わないことで身の安全を図っているのだ。

「やあ」

柊真は軽く右手を上げると、雨を気にすることもなく歩き出した。

「ご実家はどうでしたか？」

頭を下げた浅野はロータリーの奥にある駐車場に案内し、ジムニーのドアを開けた。〝わ〟ナンバーではないので、秋田市内にある浅野の実家から借りてきたのだろう。

浅野とともにウクライナで救助されて仲間に加わった岡田優斗《おかだゆうと》とは同郷同士で、陸上自衛隊の第一空挺《くうてい》団に所属していた。二人は二〇二二年二月二十四日に始まったロシアによるウクライナ侵攻に義憤を覚えて翌月に退官し、その足でウクライナに渡って義勇兵となったそうだ。

柊真と浅野と岡田は、ともにフランスでのビザが切れかかっていたので一旦日本に戻ってきた。ウクライナで長期に亘《わた》り任務に就いていたこともあり、帰省も兼ねているのだ。

「毎日、爺《じい》さんから稽古《けいこ》をつけられて大変だったよ」

柊真は助手席のドアを開け、バックパックを荷台に放り投げて苦笑した。

妙仁は八十歳になるが、技のキレは衰えることがない。稽古をつけてやると言われ、柊真は毎日道場の畳に叩きつけられた。一週間の滞在予定だったが、仲間に会いに行くと言って四日で切り上げてきたのだ。

「免許皆伝の明さんでもですか？」

浅野は車のエンジンを掛けながら目を見張っている。コルス島にある外人部隊の連隊基地の中でも、柊真は伝説的な存在だったとセルジオたちから聞かされていたからだろう。

柊真は新兵訓練で飛び抜けた成績を収めており、格闘技では柊真に勝てる教官は一人もいなかった。そこで、教官は柊真を自分の補佐に付け、実質的には新兵である彼が訓練を指導していたのだ。

「俺から言わせれば、爺さんは化け物だよ。それで、岡田のお母さんの具合はどうなんだ？」

柊真は苦笑を浮かべて尋ねた。

岡田の実家は農家で、母親燈子《とうこ》は二ヶ月前に転んで足を骨折し、まだ仕事ができない状態らしい。結婚して秋田市内に住んでいる姉の亜紀《あき》が、最初のひと月は面倒を見ていたそうだが、家をあまり空《あ》けられないため、その後は父親の康信《やすのぶ》が介護することになったらしい。とはいうものの、実際のところは近所の手助けでなんとかなっている状態だという。

岡田は両親を気遣《きづか》って柊真らより二週間も早く帰国していた。岡田から当分フランスに帰れそうにないと聞いていたので、浅野と一緒に様子を見に来たのだ。

「なんとか松葉杖《まつばづえ》を使わずに歩けるようになったそうですが、元の生活に戻るにはまだ時間が掛かりそうですね」

浅野は小さな溜息《ためいき》を漏《も》らし、車を出した。

「そうか。心配だな」

首を振った柊真は、垂《た》れ込めた雨雲を見上げた。

2

柊真を乗せたジムニーは国道３４１号を北上していた。

周囲は田畑や雑木林が広がる長閑《のどか》な風景であるが、雨で緑がくすんで見えるのが残念だ。

「お腹空《す》いていませんか？」

ハンドルを握る浅野が唐突に尋ねた。

「新幹線で弁当を二つ食べてきたから大丈夫だ。まだ食事前なのか？」

柊真は聞き返した。

「いえ、食べてきました。この先の交差点の手前に〝グランビア〟という生ハムの原木が何本も吊るされている洒落た欧風レストランがあるんですよ。食事がまだでしたら、ちょうどランチタイムだからと思いましてね。カツカレーが美味《おい》しいですよ」

浅野は遠慮がちに答えた。

「カツカレーには惹《ひ》かれるが、弁当で炭水化物を摂《と》りすぎたからな。今日は遠慮しておくよ。それにしても秋田はいいところだな」

柊真は車窓を眺めながらのんびりと言った。紛争地では毎日のようにレーションを食べても飽きはしなかったが、海外にいると無性《むしょう》に和食が恋しくなる。日本に帰ってくると、いつも強烈な食欲を抑えなければならない。体調管理も仕事のうちなのだ。

「冬になればこの辺りも一面の雪原になります。僕は冬景色より緑の景色が好きですね。目にも優しいですから。もうすぐ田沢湖に出ます。道なりに湖の北側を通ってもいいですか？　名所であるたつこ像や浮木《うきき》神社は反対側にあるんですが」

浅野は交差点を左折した。レストランは道路沿いではなく、奥まったところにあったらしくいつの間にか通り過ぎたようだ。雪国育ちの浅野にとって雪原は見慣れた風景であり、雪下ろしや雪かきなどの重労働がある冬は好きではないのだろう。

ちなみに金色に輝くブロンズ像であるたつこ像は、永遠の若さと美貌《びぼう》を願って霊泉を飲み、竜に姿を変えたという辰子《たつこ》姫の伝説をモチーフにしている。柊真は地理の教科書かなにかで田沢湖の写真を見た記憶があった。浅野は地元にまで足を運んでくれた柊真に配慮してくれているのだろう。

「任せる。秋田ははじめてなんだ」

柊真は正直に言った。高校を出てすぐボランティアで東南アジアに行き、そのまま帰国することなくフランスで外人部隊に入隊したのだ。ヨーロッパやアフリカや南米は仕事で何度も行っているが、国内は高校の修学旅行で行った大阪以外、ほとんど訪れたことがない。

農村の住宅街を抜けてしばらく進んで、突き当たりを右折する。左手にある木々の隙間《すきま》から湖が見えた。

「遊覧船とか、キャンプ場とかホテルはありますが、冬になると、ほとんど休業します。春からは開店しますが、観光客が押し寄せるほどではありません。湖を周遊する道路があるので、天気がいい時の眺めは最高ですよ」

浅野の口調が少し和《やわ》らいだ。浅野と岡田はケルベロスに参加してから一年半以上経《た》っている。仲間同士の会話はパリに事務所を構えていることもあり、基本はフランス語と決めてあった。浅野らは初めの頃こそほとんど話せなかったが、今は日常会話ならなんとかなっている。

今回は他の仲間もいないので日本語で話すようにしていた。そのせいか、かえって浅野の口調がどこかぎこちないのだ。

「気を遣わなくていい。日本語が話しにくいのならフランス語でもいいぞ」

柊真は浅野をちらりと見て言った。

「そういうわけじゃないんです。久しぶりに実家に帰ったら、秋田弁を話さないって年寄りから責められるんですよ。それで、無理に秋田弁使っていたら、今度は気取っているって怒られるんです。自衛隊時代は、訛《なま》っていると上官や先輩によくからかわれたので、話し方を直したんですよ」

浅野は話し始めると、確かに東北弁特有のアクセントが語尾にある。浅野も岡田もフランス語の習得が早いのは、東北弁の訛りと発音に共通点があるからかもしれない。普段日本語で会話をしていないせいで、これまで気付かなかった。

「それで実家に居づらくなって岡田の様子を見にきたのか？」

柊真は悪戯《いたずら》っぽく尋ねた。

浅野は屈託《くったく》なく笑った。

「図星です」

「俺と同じか」

柊真も浅野の笑い声に誘われて笑《え》みを浮かべた。

「この先に御座石《ござのいし》神社という神社があるんです。寄っていいですか？　湖畔にある辰子姫を祀《まつ》る神社で、縁結びや不老長寿のご利益《りやく》があると言われているんです。怪我《けが》をした岡田のお母さんに厄除《やくよ》けのお守りを買って行こうと思っているんです」

浅野は楽しそうに話す。岡田もそうだが、人懐っこく、人情味がある男だ。だからこそ、ウクライナの窮状を黙って見ていられなかったのだろう。

数分後、浅野は湖の北岸にある駐車場に車を入れた。観光地らしく奥に稲庭《いなにわ》うどんやそばなどが食べられる土産店《みやげ》がある。あいにくの雨で、客はいないようだ。

二人は五〇メートルほど戻り、御座石神社の参道の階段を上る。二十段ほどの石段を上ると、正面にこぢんまりとした拝殿があり、右手に手水舎《ちょうずや》、左手に社務所があった。

柊真が拝殿で二礼、二拍手すると、隣りで浅野がギョッとしている。戦場で悪鬼《あっき》のごとく活躍する柊真は無神論者だと思っていたのだろう。神を信じているのかと聞かれても困るが、子供の頃から神棚がある自宅の道場で稽古を積んできたので、拝殿で手を合わせるのは至極当然だと思っている。

参拝を終えた二人は、社務所に立ち寄った。お守りは、形も色も様々だが、辰子姫を祀っているため、龍神のお守りやキーホルダーのような形状のものもある。

「色々あるものだな」

柊真はペット用まであるお守りの種類の豊富さに目を見張った。

「僕は厄除けのお守りを四つと家内安全が一つ」

浅野は社務所番をしている巫女《みこ》に注文した。

「全部、土産か？」

柊真は小さな鏡付きのお守りを手に取って尋ねた。〝美貌成就《じょうじゅ》〟と張り紙がある。辰子姫が、美貌成就を願って霊泉を飲んだことにちなんだお守りらしい。

「厄除けの一つは自分用です。家内安全もこれ以上不運が続かないように今の岡田家には必要なんです」

浅野は生真面目《きまじめ》に答えた。

「私はこの鏡付きのを三つ、ください」

柊真も巫女に頼んだ。パリに残っているセルジオら三人にはいずれも彼女がいるので、いい土産になる。

「それって美貌成就守ですけど、柊真さんの彼女用じゃないですよね。ひょっとしてセルジオさんたちへのお土産ですか？」

浅野は三つという数字でぴんときたらしい。それに柊真に彼女がいないことを彼は知っている。

「そのつもりだ。彼女への日本土産と言えば珍しさもあるし、喜ぶだろう」

柊真は袋にまとめられたお守りを受け取り、代金を支払った。

「フランスに帰る前に藤堂さんに会われるんでしょう？」

浅野もお守りの入った袋を受け取りながら尋ねた。他に土産はいいのかと言いたいのだろう。

浩志は、二〇二二年十二月二日にベラルーシで起きた爆弾テロ事件に巻き込まれて、重傷を負った。手術を受けたもののベラルーシ警察からテロリストの仲間として拘束されていたために、妻である森美香《もりみか》と仲間に助けられて病院を抜け出している。

不運は続くもので吹雪《ふぶき》の中、ベラルーシの国境の手前で交通事故を起こして再び負傷してしまった。だが、幸いなことに事故現場近くにあるベロコレツ村の医師の助けを借りて仲間の外科医でもあるマリアノ・ウイリアムスが執刀し、一命を取り留めている。

浩志は不屈の精神で一ヶ月後に復帰し、〝志願兵〟と称してロシア軍に送り込まれてしまった医師の孫娘タチアナを救うために仲間のヘンリー・ワットと共にウクライナの紛争地に戻った。一週間後、浩志は無事にタチアナを連れ戻している。その際、柊真はロシアの国境で窮地に立たされた浩志の脱出を手伝っていた。

その後、浩志は二つほど任務をこなしたが、長年の無理が祟《たた》って体を壊し、半年前からマレーシアのランカウイ島にある別宅で療養しているのだ。

リベンジャーズも昨年の暮れにウクライナの戦線から離脱しており、ほとんどのメンバーが帰国していた。

「あの人ほどお守りが似合わない人もいない。お土産はバーボンと決めているんだ」

柊真は息を漏らすように笑った。

3

ジムニーは田沢湖を離れ、山深い国道105号線阿仁《あに》街道を走っている。

「明さんは、都会っ子ですか？」

浅野がふと尋ねてきた。

「都会っ子という言葉は好きじゃないが、中目黒《なかめぐろ》で生まれ育っている」

柊真は質問の意図が分からず、首を傾《かし》げた。

「田舎《いなか》の風景を飽きずに見ているので、都会育ちかなって」

浅野が笑っている。自分では気づかなかったが、子供のように目を輝かせて外の景色を見ていたのだろうか。

「ヨーロッパやアフリカも森とかジャングルはあっても山の風景はあまりなかったから、珍しいことは珍しい。日本の風景は一言で言えば、優しいんだ」

柊真は苦笑を浮かべた。

「僕は高卒で陸自に入隊して以来、休暇で秋田に帰ってくることはあっても、東京は反対方向でしたから、ほとんど行ったことがないんですよ。これを言うと、めちゃくちゃ馬鹿にされるので言わないようにしていますけど、国内では秋田と千葉以外の都会は行ったことが全然ないんです」

浅野が頭を搔《か》きながら言った。第一空挺団は習志野《ならしの》駐屯地に所属しているため、千葉県内の都市部には行ったことがあるようだ。

「地図で見ると結構山奥に来ているようだが、この先にも人里があるんだな」

柊真はスマートフォンの地図情報を見ながら呟《つぶや》いた。

「105号線は、阿仁川に沿って山奥を抜けます。阿仁川沿いに大昔から村や町があるんです。この辺りは標高が高く、村さえありません。冬にいらしたらずっと雪景色が続きますよ。私にとっては退屈な風景ですが」

苦笑した浅野はワイパーの速度を変えた。雨足《あまあし》が弱まったのだ。道は十分ほど前から上り坂が続いている。

雪崩《なだれ》を避《よ》けるためのスノーシェッドをいくつも抜けるうちにやがて下り坂になり、トンネルに入った。

長いトンネルを抜けると、雨は止《や》んでいた。〝マタギの里入口〟というT字路交差点にある看板を通り過ぎる。その先の比立内《ひたちない》川に架かる橋を渡ると、開けた場所に出た。民家がいくつか建っているので集落に入ったようだ。

「すみません。ガソリンを入れます。ついでにトイレに行ってきます」

浅野は橋を渡ってすぐ左手にあるガソリンスタンドに車を入れると、従業員に「満タン」と言ってスタンドのトイレに駆け込んだ。二十分ほど前から落ち着かない様子だったのはトイレに行きたかったからだろう。

柊真も車から降りると、両手を上げて背筋を伸ばした。ジムニーはいい車だが、柊真にはサイズが少々小さいのだ。

「これからどちらへ？」

中年の従業員が、給油機のノズルを給油口に差し込みながら尋ねた。

「この近くに住む友人の家だけど……」

柊真は欠伸《あくび》をしながら答えた。

「そうなんですか。最近、この地域には凶暴な熊が出没していますので、気を付けてください。詳しくは地元のお友達に聞いてください」

従業員は給油しながら言った。

「そんなに凶暴なんですか？」

柊真は従業員に近付いて尋ねた。

「二週間前に村人が襲われました。実は昨年から熊の被害が急増しています。最近は大きな熊が出ていて、非常に危険なんですよ」

スタンドの店員の話では、二〇二二年の夏に大雨が降り、山の食料が豊富になったために熊の妊娠が増えた結果、翌年の春に子熊が多く生まれたそうだ。そのため、神経過敏になった母熊に襲われる被害が相次いだらしい。

すぐ隣りの上小阿仁村《かみこあにむら》では、二〇二三年は例年の三倍にあたる四十頭以上の熊が捕獲されたという。熊が増えたことにより、人的被害だけでなく、養鶏場や農業用のビニールハウスなどが襲われるという損害も急増しているそうだ。

「ご忠告ありがとうございます」

柊真は頷《うなず》くと、ガソリン代を支払った。

「あれっ、すみません」

浅野が慌ててトイレから出てきた。

「この辺りは熊がよく出るらしいな」

柊真は助手席に乗り込みながら言った。

「そうらしいですね。ケルベロスの出番ですか？」

浅野は運転席に座って真面目な顔で聞いた。戦場では無敵だとしても、熊を狩れるとは思わない。

「馬鹿を言え」

柊真は鼻先で笑った。

4

午後二時四十分。

ガソリンスタンドから出たジムニーは、道路を挟んで反対側にある〝道の駅あに・マタギの里〟の前をUターンした。比立内川の橋を再び渡ると、次の交差点を左折して河辺《かわべ》阿仁線に入る。

左手に秋田内陸線の高架橋が見えた。単線ということもあるが、秋田内陸線は森に囲まれたロケーションも相まって、モノレールの高架橋のようで不思議な感じがする。まだ見たことはないが、一両編成の可愛《かわい》らしい鉄道で、マニアには人気らしい。

〝打当《うっとう》　７ｋｍ〟という道案内の青い看板が見えてくる。

「この地方の阿仁という名称もそうだが、打当という地名も珍しいね」

柊真は看板に記載されている地名の下のローマ字を読んで首を傾げた。七キロ先に今日の宿泊先である〝秘境の宿　打当温泉　マタギの湯〟というホテルがある。岡田に連絡したところ、近くにいい宿があると紹介されたのだ。

「子供の頃に聞いた話ですが、大昔、東北地方にもアイヌが住んでいたので、北海道ほどではありませんが、アイヌ語由来の地名が多く残っているそうです。その頃はアイヌと交流があったので、逆にアイヌ語の中に日本語由来の言葉もあるらしいですよ」

浅野は笑顔で答えた。

ちなみに阿仁は、アイヌ語由来の可能性は低く、打当と比立内はアイヌ語に由来するそうだ。

「そうなんだ」

柊真は浅野の知識に感心して頷いた。

山間《やまあい》の田畑を抜ける道路を七キロほど進むと、右の道路脇に〝マタギの湯〟という立て看板が現れ、その奥に二階建ての大きな建物があった。

「いつもは岡田の家に泊まるので、ここにチェックインするのは僕も初めてです」

浅野は右手でホテルを指差しながら説明した。

ホテルを過ぎて数百メートル先で道を外れ、急な坂道を上って三階建ての建物の前で車を停めた。岡田の実家である。

豪雪地帯らしい造りで、階段を上がった二階にも玄関があるらしい。ここに来る前に同じように玄関が二階にもある家が数軒あったが、それほど冬が厳しいということなのだろう。また、一階がガレージと思われる倉庫のような建物もいくつかあった。外に駐車していると春の雪解けまで車が使えなくなるからに違いない。

「いらっしゃいませ。どうぞこちらからお上がりください」

一階の引き戸が開き、岡田が笑顔を見せた。浅野も岡田も戦場では悪鬼のような表情になるが、平和な日本だと、どこにでもいる気のいい男の顔になる。

二階の玄関は冬の豪雪時用で、普段は一階にある畳敷の部屋の掃き出し窓を出入口として使っているらしい。

「元気そうだな」

柊真はタクティカルブーツの紐《ひも》を解き、畳の部屋に入った。十二畳ほどの広さがあり、出入口に靴箱が置かれ、奥の壁際《かべぎわ》に様々な道具が収められている棚がある。右手にソファーとテーブルが置かれているので、ちょっとした来客にも対応できそうだ。実用的な玄関と物置と居間を兼ねているらしい。

「お母さんの口に合うか分からないが」

畳部屋に上がった柊真は、バックパックから虎屋《とらや》の羊羹《ようかん》の詰め合わせを岡田に渡した。岡田の父親にはターキーの十二年ものを土産として持参しているが、隣町の用事で駆り出されているらしく、夜にならないと帰らないらしい。

「羊羹はお袋の好物です。ありがとうございます」

破顔した岡田は、羊羹の箱を受け取った。

「よかった」

柊真は胸を撫《な》で下ろした。他人の家に上がることは滅多にない。祖父にどうしたらいいか尋ねたところ、虎屋の高級羊羹なら間違いないと言われたので、赤坂《あかさか》店まで行って買ってきたのだ。

フランスの外人部隊でも最強と言われる特殊部隊でありとあらゆる戦闘訓練を受け、実戦経験も豊富にある。兵士としては、だれにも負けないという自負がある一方で、一般常識に欠けているという自覚はあった。要は、戦場で役に立つ知識以外持ち合わせていないのだ。

不意に電子音が響いた。

「すみません」

岡田がポケットからスマートフォンを出し、電話に出た。紛争地ではマナーモードが絶対のため、柊真と浅野はびくりと反応した。

「ちょっと待ってくださいね」

短い通話を終えた岡田は、慌てた様子で羊羹の箱を抱《かか》えて部屋を出て行った。畳敷の部屋の襖《ふすま》は開け放たれており、薄暗い廊下に続いている。覗《のぞ》き込むのは失礼と思い、柊真と浅野は待つことにした。一階の天井の高さは二メートルほどと低い。住居が嵩上《かさあ》げされているためなのだろう。

「お待たせしました。母は頭痛がひどいらしく、改めてご挨拶《あいさつ》するそうです。これからナガサを受け取りに行くんですが、一緒に行きませんか？」

岡田は上目遣いで尋ねてきた。歳は変わらないが、彼にとって柊真は上官なので気を遣っているらしい。

「ナガサ？」

柊真は首を傾げた。浅野は知っているらしく、頷いている。

「マタギが使う山刀です。ここから二十分ほどのところに小さな鉄工所の事務所がありま す。注文のナガサが出来たと連絡があったので、受け取りに行くんですが、一緒にどうですか？」

マタギとは伝統的な猟をする狩人で、秋田の阿仁地区が発祥だと聞いたことがある。

「面白そうだ。是非連れて行ってくれ」

柊真は快諾した。

浅野が運転するジムニーに、柊真と岡田は乗り込んだ。

5

浅野はジムニーを走らせ、来た道を戻った。

河辺阿仁線から105号線に入ると、右折して北に向かう。

走り始めて十数分経つが、行き交う車はない。

「スピードを落としてくれ。五〇メートル先、右手だ」

助手席に乗った岡田が、指示を出す。

「オーケー」

浅野は指示に従ってスピードを落とし、民家の駐車場に車を入れた。

隣接する建物の出入口の上に〝打刃物製作所〟という看板があり、その右手の窓の向こうに様々な刃物が並べられ、ショーウィンドウのようになっている。

浅野は建物の前まで小走りに歩く。

「ごめんください。岡田です」

岡田は引き戸を開けて中に入った。

「ほお！」

柊真も土間のようなスペースに足を踏み入れ、薄暗い建物の中を見回して感嘆の声を上げた。

四十坪ほどの広さだろうか、色々な機械が置かれている。手前の柱に配置図が張り出され、そこには、博物館のように機材の名称が日本語と英語で表記されていた。

「ここは亡くなった三代目西根正剛《にしねまさたけ》さんの工房で、先代が亡くなってからは、ここは閉鎖されました。後を継いだ四代目は他の場所で製作されています。今は先代の奥様の誠子《せいこ》さんがここを守って、ナガサを販売される傍《かたわ》ら、ここを訪れる人に対応されているのです。ちなみ帰省前に自分用のナガサを注文しておいたのです」

岡田はガイドのように澱《よど》みなく説明した。地元だけに事情をよく知っているようだ。

「いらっしゃいませ」

品のいい年配の女性が、包みを手に左手奥の出入口から現れた。女性は先代の妻である西根誠子なのだろう。普段着で気さくな感じがする。

「今日は仕事仲間を連れてきました」

岡田は柊真と浅野を紹介した。

「ありがとうございます。お待たせしたナガサ、お確かめください」

西根誠子は手にしていた包みを近くにあるショーケースを兼ねたガラステーブルに載せ、丁寧に和紙の包み紙を解いた。すると、木製の鞘《さや》に入ったナガサが現れた。

「拝見します」

やや緊張気味の岡田が、柄を留めてある鞘の革ベルトを外し、ナガサを引き抜いた。

「素晴らしい出来です。明さんも見てみますか？」

しばし眺めていた岡田はナガサを鞘に戻して、渡してきた。

「ありがとう」

受け取った柊真は両眼を見開いた。見た目以上にかなりの重量感がある。木製の柄を握って鞘から引き抜くと、鈍《にぶ》い光を放つ見事な刀身が現れた。刀身の表に「叉鬼山刀《またぎながさ》　優斗」、裏側に「阿仁　西根正剛」と刻印されている。岡田は自分の名の刻印も頼んだようだ。

「…………」

言葉が出ない。真剣を抜いた時に感じる凄《すご》みを覚えるのだ。

「普段使いできるように、フクロナガサじゃなくて柄が木製の六寸の叉鬼山刀を選びました」

岡田が自慢げに言った。六寸（約一八センチ）とは刀身の長さのことだろう。

「木製の柄……。なるほど、そういうことか。金属製の柄は筒状なのがポイントだな」

柊真は笑みを浮かべた。ショーケースに並べてある同じ長さの刀身でも、柄が木製のものと金属製のものがある。しかも金属製の柄は筒状になっており、切先《きっさき》は日本刀の形に近い。微妙な違いだが、木製の柄の刀身の切先はまっすぐで、どちらかというと脇差《わきざし》のようだ。

「説明しなくても分かったのですか？」

岡田が訝《いぶか》しげな目で見ている。

「叉鬼山刀は振り下ろして切るのに適している。形状からして包丁のような使い方もできるだろう。フクロナガサは、切先が若干《じゃっかん》だが違う。日本刀のように突きの攻撃に適した形なんだ。柄が筒状になっているのは、棒を差し込んで槍《やり》としても使えるようにしてあるのだろう。違うか？」

柊真はショーケースに収められているフクロナガサを見て頷いた。二つの刀身を作り出す鍛冶《かじ》職人としての技もさることながら、この形状に至るまで実際に使いこなしたマタギの先人の知恵も反映されているのだろう。

「さすがです。でも悔《くや》しいなあ。それじゃ、ナガサの鞘が平べったくなっている理由は分かりますか？」

岡田は木製の鞘を指差して言った。得意げにフクロナガサのことを説明するつもりが、柊真に当てられてむきになっているのだろう。鞘は四角く、平らになっている。

「降参だ」

柊真は苦笑を浮かべてナガサを岡田に返した。

「まな板になるんですよ。狩りで捌《さば》いた獣の肉を鞘の裏側で切り分けたりするんです」

岡田は鞘を裏返して勝ち誇ったように説明する。

「驚いた。それは実用的だ。六寸のフクロナガサですが、在庫はありますか？」

柊真はショーケースのフクロナガサを見て尋ねた。

「基本的に注文製ですが、六寸なら在庫はありますよ。お買い求めになるのですか？」

西根誠子は驚いた表情をしている。

滅多に衝動買いすることはないが、実用的なこの武器に柊真は一目惚れしたのだ。

「よろしくお願いします」

柊真は満面の笑みを浮かべて答えた。

6

打当温泉　マタギの湯。
柊真と浅野は西根打刃物製作所からの帰り、岡田を自宅まで送った後、チェックインしている。ホテルの夕食に岡田家を誘っていたが、母親の調子がよくないらしいので、両親はまたの機会ということになった。

ホテルはマタギの里を売りにしており、フロントの奥にある部屋にはヒグマの剥製《はくせい》が置かれていた。建物は東西に長く、廊下の左手に畳敷の大広間がある。その向かいには〝シカリ〟という食堂があった。大広間の手前には、マタギの家を再現した一画がある。囲炉《いろ》裏《り》がある板の間にツキノワグマの毛皮が敷かれ、風情《ふぜい》ある空間になっていた。

また、廊下の東側の突き当たりには、マタギ資料館があった。多数の狩猟道具や文献が展示され、学術的にも地域文化を知ることができる施設になっている。私設の展示館だが、音声ガイドもあり、充実していた。

柊真はチェックイン後に資料館を丹念に見学し、マタギが阿仁の地から各地に広まったことを知った。衝動買いではあったが、ナガサを購入したことで俄然《がぜん》マタギの文化に興味が湧いたのだ。

午後六時になった。

「よく降るな」

柊真はロビーから外を見て溜息を漏らした。雨足は日が暮れてから強まっている。

「お待たせしました」

駐車場を横切ってきた岡田が、ホテルの玄関に駆け込んできた。酒を飲むからと車ではなく、ポンチョを着て徒歩で来たのだ。

「天気が悪いのに呼びつけてすまなかったな」

柊真はホテルで借りたバスタオルを岡田に投げ渡した。

一緒に晩飯を食べるだけでなく、今後どうするつもりなのか岡田に聞こうと思っている。骨折したことが引き金になり、母親は体調不良を訴えているそうだ。これまでは岡田自身のことだけ考えていればよかったが、これからは家族の事情も踏まえて行動すべきだと思っている。

柊真らケルベロスは、自分たちの信じる正義のために闘っているという自負はある。だが、周囲を不幸にしてまで続けることには疑問を覚えている。傭兵特殊部隊として業界では知られた存在だが、あくまでも自主参加のチームであり、柊真は任務以外のことに口出しするつもりはない。仲間として岡田の相談に乗るつもりである。

「この程度の雨なら、食前のシャワーみたいなものですよ」

ポンチョを脱《ぬ》いだ岡田は、バスタオルで顔を拭《ぬぐ》って笑った。足元を見ると、長靴を履いている。濡れたのは顔だけのようだ。

三人は大広間に設置してあるテーブル席に座った。テーブルには各自二つの鍋とイワナの塩焼きや刺身の小皿などが用意されている。

「これはご馳走《ちそう》ですね」

岡田が配膳された料理を見て目を輝かせている。

「熊鍋に鹿ステーキ、うさぎ肉の煮物というジビエのフルコースを頼んだんです。せっかくですから、明さんにマタギ料理を堪能してもらおうと思いましてね」

浅野が自慢げに言った。ホテルの予約は彼に一任してあったのだ。柊真はシュラフで山小屋に泊まっても何も気にしないが、浅野が気を配ってくれた。

「たまには贅沢《ぜいたく》もいいな」

柊真は笑みを浮かべた。普段質素な生活をしているのは贅沢をしたい欲求がないからで、金に困っている訳ではない。

「ありがたい。実家に帰ってから粗食続きだったからな」

岡田はまだ火が点《つ》けられていない鍋の蓋《ふた》を開けて笑顔を浮かべた。母親が台所に立てないので、岡田が食事を作っているそうだ。

「お飲み物は何にされますか？」

作務衣《さむえ》を着たホテルの女性スタッフが尋ねてきた。

「最初は生ビール、ジョッキで。その次は『幻《まぼろし》のどぶろく』にしませんか？」

岡田が提案してきた。メニューに「『売り切れ御免』の幻の逸品」と記されている濁酒《どぶろく》である。柊真も気になっていた。

「それでお願いします。ところで……お母さんは大丈夫なのか？」

注文を取ったスタッフがテーブルから離れると、柊真は岡田に尋ねた。

「足を悪くして気が弱くなっているみたいです。幸いだったのは、怪我をしたのが春だったことでしょう。冬は寒いですし、ただでさえ豪雪で外出もできませんから。ただ、秋までには良くなると母も自分で言っています。姉も顔を出してくれますし、ご心配には及びません。それより、明さんがフクロナガサを買ったことを親父に話したら感激していましたよ。なんせ、マタギですから」

岡田は話題を変えた。あまり母親のことを話したくないのだろう。

「お父さんはマタギだったのか？」

浅野が驚いている。彼も知らなかったらしい。

「あれっ？　言ってなかったっけ。まあ、ふだんは農業がメインで、秋と春だけ猟に出る兼業だからね。それに、俺には継がせないようにしていたから他人に話すこともなかったんだ」

岡田は頭を掻いている。

「それなら、どうしてナガサを買ったんだ？」

浅野は首を傾げた。

「パリを拠点に活動しながら、秋と春の猟に合わせて帰国するのもありだと思いまして。故郷に帰ったら、やっぱりマタギを継ぐべきだと思ったんです」

岡田は柊真を見て笑ってみせた。どうやらケルベロスを辞めるつもりはなさそうだ。

「お待たせしました」

女性スタッフが生ビールのジョッキをテーブルに載せると、鹿ステーキの鍋に火を点けた。冷めないようにという配慮か、熊鍋にはまだ火を点けないらしい。

「それじゃ、再会に乾杯しようか」

柊真がジョッキを手にすると、浅野と岡田がジョッキを当てた。再会を祝うのは、命のやり取りをする傭兵は一期一会を重んじるからだ。

食事を平らげ、酒の追加もして盛り上がったが、二時間ほどでお開きにした。

「なんだか、申し訳ないです」

ホテルを出た岡田が恐縮している。柊真と浅野が家まで送ることになったからだ。というのも、柊真は岡田の父親に持ってきたターキーを渡すのを忘れていたので、直接手渡すことにしたのだ。立場上、仕事仲間というだけでなく、チームリーダーとしての責任も感じている。

岡田の家までは四〇〇メートルほどで、ホテルの周囲は明るいが少し離れれば街灯もなく足元も危《あや》うい。点在する民家から漏れる照明だけでは頼りにならないので、いつも携帯しているLEDライトを手にしている。

雨雲は移動したのか、雲の切れ間から星も見えた。酔ってはいないが、山から吹き下ろす風が心地よい。

「それにしても、ナガサっていいよな。俺もタクティカルナイフの代わりに買おうかな」

浅野と岡田は先を歩きながら話している。

「むっ！」

柊真は立ち止まって鼻をひくつかせた。鼻につく獣臭がするのだ。山から下ろす風に乗ってきたのだろう。

「静かにしろ！」

柊真は二人に小声で注意した。微《かす》かだが猛獣の雄叫《おたけ》びも聞こえた気がしたのだ。

驚いた浅野と岡田は、立ち止まって振り返った。

柊真は耳を澄ませた。やはり獣の叫び声が聞こえる。風は背後にある山を伝って吹き下ろしてくる。西の方角から獣臭とともに雄叫びを運んできたのだ。

「どうしたんですか？」

浅野が小声で尋ねてきた。彼らには聞こえなかったらしい。柊真は子供の頃から五感を研ぎ澄ますために厳しい訓練を受けている。そのため、聴覚や嗅覚は常人の数倍はあるのだ。

「熊だと思うが、雄叫びが聞こえたんだ」

距離的にはかなり離れている。だが、柊真の本能が危険を察知した。いわゆる殺気を感じたのだ。

「近くにある熊牧場じゃないですか。ヒグマやツキノワグマが何頭も飼育されているので、そこから聞こえたんでしょう。私はまったく聞こえませんでしたよ」

岡田は、驚く様子もない。浅野も首を傾げていた。牧場でなくても、近くの山に熊がいてもおかしくはない地域だからだろう。熊牧場が近くにあることは知っていた。現在位置から一キロほど南南西に行ったところにある。二人とも獣臭にも気が付いていないようだ。だが、風は西から吹いているので、熊牧場のものではないだろう。

「それならいいが」

柊真は笑みを浮かべたが、警戒心は解かなかった。

熊狩り

1

マタギの始まりは平安時代、清和《せいわ》天皇の頃にまで遡《さかのぼ》るという。

言い伝えでは〝万事万三郎《ばんじばんざぶろう》〟という猟師が、諍《いさか》いの元凶であった赤城明神《あかぎみょうじん》という大蛇《だいじゃ》の目を射貫《いぬ》き、大蛇はたまらず雲に姿を変えて逃げたことが由来というから神話の世界である。現実には、敵の大将を万三郎が攻略したというところだろう。

万三郎が戦《いくさ》の功を認められ、日本中のどこの山でも自由に立ち入りを許される〝山立《やまだち》御免《ごめん》〟という許可を得たというのは史実のようだ。また、〝山立御免〟の巻物を携帯したマタギは、国境《くにざかい》を越えて猟をすることを許され、同時にマタギの技術が東北中心に広まったという。

マタギの湯に併設されている資料館には、清和天皇の名が記された〝山立根本之巻《やまだちこんぽんのまき》〟と言われる〝山立御免〟の巻物が残されている。

マタギの里と言われる阿仁地区の中でも、森吉山《もりよしざん》の麓《ふもと》にある比立内、根子《ねっこ》、打当の三つの集落に古くからマタギは住んでいた。岡田の家があるのは、阿仁地区でも最も奥に位置する打当である。


六月五日、午前五時五十五分。打当温泉　マタギの湯。

スポーツウェアを着てジョギングシューズを履いた柊真は、ホテルの玄関を出た。

曇り空、十四度。昨日降った雨のせいで湿度は高いが、運動には適した天気だ。毎日欠かさずやっているジョギングをしようと思っている。

昨日購入したフクロナガサとペットボトルの水などを入れたタクティカルポーチを斜《なな》めに掛けて背負っている。フクロナガサまで携帯するのは大袈裟《おおげさ》かもしれないが、この辺りの山は普通にツキノワグマがいると聞いたので用心のためである。また、昨夜、聞いた熊の雄叫《おたけ》びがまだ耳の奥に残っていることもあった。

だからといって闘うつもりはない。出会ったら、背中を見せずにゆっくりとその場を離れるまでだ。ツキノワグマは時速四、五〇キロで走れるそうなので、こちらが走って逃げても熊を刺激するだけで、間違いなく餌食《えじき》になるだろう。新しく購入した武器が嬉《うれ》しくて持ち歩いているに過ぎない。

ホテル前の駐車場を抜けて河辺阿仁線に出ると、西の方角に向かって走り出す。105号線までおよそ七キロ、往復すれば一四キロ走ることになり、朝飯前のジョギングとしてはちょうどいいのだ。

打当の北に位置する森吉山は、花の百名山として親しまれている。打当の南には十二《じゅうに》段峠《だんとうげ》があり、その間にある谷に打当川が流れていた。打当川流域の僅《わず》かな平地に田畑があり、山際《やまぎわ》には棚田がある美しい風景の中を河辺阿仁線が通っている。

「おっ」

柊真は笑《え》みを浮かべてペースを落とした。十一時の方角にある秋田内陸線の阿仁マタギ駅に一両の赤い電車が停まっているのだ。一〇〇メートルほど走り、電車がよく見える場所で立ち止まった。

「いいね」

柊真はポケットからスマートフォンを出し、単行列車を撮影した。一両編成なら都電荒《あら》川《かわ》線でも見たことがある。だが、雄大な景色をバックにした列車の佇《たたず》まいは、絵画のようで心打たれるのだ。

二年近くをウクライナで過ごし、爆撃音や銃撃音は日常的な騒音になり、道端に転がる死体を瓦礫《がれき》の一部程度に感じるような生活に慣れきっていた。だが、人は戦争に慣れることはない。平気だと思っていても、知らず知らずのうちに心は壊れていくのだ。

帰国した柊真は、なぜか居心地の悪さを覚えた。妙仁の稽古《けいこ》が厳しいからという訳ではない。パリでもそうだったが、コンクリートの街、東京に安らぎを覚えなかったからだ。それほど、心はいつしか荒《すさ》んでいた。浅野と岡田に会うのはもちろんのこと、大自然に触れることも秋田に来た大きな目的である。ここでなら、命の洗濯ができると思ったからだ。

赤い列車が出発した。東に向かって行くので角館《かくのだて》方面に向かう下り列車のようだ。

秋田内陸線は鷹巣《たかのす》と角館を結ぶ単線で、駅の間隔は場所によって違う。阿仁マタギ駅と西に位置する奥阿仁《おくあに》駅間は、二・五キロほどだが、阿仁マタギ駅と南西に位置する戸沢《とざわ》駅間は、十二段峠の山中を抜けるため、約九キロある。

列車を見送った柊真は再び走り始めた。

二十分後、105号線との交差点に出た。七キロ走ったことになるが、ペースを落としたので息が切れるほどではない。

折り返そうとすると、二台のパトカーが目の前を通り過ぎる。交通事故ではなさそうだ。105号線に出ると、パトカーは道の駅の駐車場に入った。

首を傾《かし》げた柊真は、比立内川に架かる橋を渡って道の駅まで駆けた。

道の駅の駐車場出入口には、数人の住人が立っている。彼らに近付いた柊真は右眉《まゆ》を吊《つ》り上げた。

駐車場には四台の県警のパトカーと一台の救急車が停まっているのだ。パトカーの一台はハイエースである。

「あれっ？　昨日、ガソリンを入れてくれたお客さんじゃないですか？」

傍《かたわ》らの男が声を掛けてきた。見れば斜向《はすむ》かいのガソリンスタンドの従業員である。

「何が起きたんですか？」

柊真は軽く頭を下げて尋ねた。

「実はこの近所の民宿に宿泊していた、茨城から来た夫婦が三日前から行方不明だったんですよ。地元の有志や消防団で捜索は続けていたんですがね。今朝方、裏山にある私有林の持ち主が作業で入山したところ、大きな土饅頭《つちまんじゅう》を見つけたそうです。しかも、その近くに夫婦の持ち物を見つけたもんで、通報したんですよ」

男は丁寧に教えてくれたが、意味がよく分からない。

「すみません。土饅頭って何ですか？」

柊真は小声で聞いた。おそらく土地の者なら分かることなのだろう。

「熊はね、大きな獲物を獲《と》って食べ切れないときは、穴を掘って投げ入れ、その上に土や木の枝を被《かぶ》せて隠すんですよ。それを土饅頭と言うんです。見つかった土饅頭の中身が鹿とかならいいんですが。近くに行方不明の夫婦の所持品があったので、夫婦が襲われたんじゃないかと通報があり、警察が集結したところです。以前も同じようなことがありましてね。警察だけで捜索に出た際、熊に襲われたんです。土饅頭の近くには、餌《えさ》を守るために熊がいる可能性が高いんですよ」

男は小声で答えてくれた。

「なるほど」

柊真は大きく頷《うなず》いた。警察官が携帯している拳銃は、S《スミス》&W《ウエッソン》 M360Jに置き換えられているが、旧式のニューナンブM60も未《いま》だに使われている。どちらにせよ使用される・38スペシャル弾では、装塡《そうてん》されている五発の銃弾をすべて熊に当てたところで、強靭《きょうじん》な筋肉に阻《はば》まれて内臓まで届かないだろう。警察官の銃で致命傷を与えることは不可能と考えるべきだ。

警察官は十数人いるが、それだけでは不十分だ。岡田の父親が隣町に駆り出されたと聞いていたが、行方不明になった夫婦の捜索の手伝いをマタギとして頼まれたのだろう。

「あれっ？　もう出発するみたいですよ。現場はここから近いからでしょうね。でも、大丈夫かな」

男は首を傾げている。パトカーのトランクにスコップなどの機材が積まれているか調べていた警察官がバックドアを閉めた。同時に駐車場内で話し合っていた警察官らもパトカーに全員乗り込んだのだ。

「まずいな」

舌打ちをした柊真は、スマートフォンを出した。

2

午前六時二十五分。

道の駅の駐車場出入口で佇む柊真の前に、パジェロミニとジムニーが停まった。

柊真はジムニーの助手席に乗り込んだ。浅野が運転しており、パジェロミニには岡田と父親の康信が乗り込んでいた。

二十分ほど前に岡田に連絡を取ったところ、阿仁の猟友会から協力要請が入っており、出かけるところだったらしい。そこで、ホテルにいる浅野に連絡してタクティカルブーツを持ってくるように頼んだのだ。

柊真が乗り込むと、パジェロミニが道の駅の駐車場から出て行く。浅野も慌てて車を発進させ、１０５号線に出た。

三〇〇メートルほど先の交差点を右折し、秋田内陸線の踏切を渡った。道沿いに畑を抜ける農道を進み、阿仁川を渡る。道は舗装されているが、次第に細くなっていく。少し進んで右折すると、小さな墓地の前に広がる原っぱに四台のパトカーと数台の車が停められている。

広場の北側に車一台がやっと通れそうな林道があった。通報があった裏山というのは、この林道の奥のことなのだろう。

警察官らから少し離れた場所に、オレンジ色のベストとキャップを身に着けライフル銃ケースを背負った四人の男たちが、たむろしていた。腰にはナガサをぶら下げているので、マタギのようだ。彼らは新たに現れた二台の車を覗《のぞ》き込むように見ている。打当だけでなく、他の集落のマタギもいるのだろう。いずれも風格がある風体《ふうてい》をしている。

車から降りた岡田親子が、先に着いていたマタギに近付いた。柊真と浅野は遠慮がちに人々から離れた場所に立った。もっとも、二人ともプロレスラーのような体型だけに自《おの》ずと注目を集める。

「ご苦労さん。岡田さん、息子さんの『どやぐ』かい？」

年配のマタギが、柊真と浅野を見て康信に尋ねた。「どやぐ」とは秋田弁で友達のことである。

「緒方《おがた》さん。優斗のどやぐだ。みんな元自衛官で銃の腕はいい。マタギにしようと思っている。今日は見習いだ」

康信が嬉しそうに答えた。柊真まで元自衛官にされたが、軍に所属していたことに変わりはないので否定はしない。冗談だろうが、マタギの後継者と言われると、苦笑するほかない。

「まんじ（なんと）！　このご時世に三人も跡継ぎがいるのか。打当は有望だな」

緒方が笑うと、周囲のマタギも穏やかに笑った。四人とも六十代ぐらいで、若い猟師の姿はないが、彼らがマタギの若手なのかもしれない。

昨夜、岡田からマタギの現状を聞いている。阿仁地区の三つのマタギの集落には、一九八〇年代後半に一三〇人のマタギがいたが、今は三五名まで減っていると聞く。限界集落の問題を抱《かか》え、跡継ぎが激減しているのだ。各集落にはマタギのリーダーである〝シカリ〟が存在するが、九代目マタギである鈴木英雄《すずきひでお》氏が辞退されてから打当では不在らしい。

もっとも、近年マタギ文化が見直され、マタギ集落を訪れる観光客も増えているそうだ。東京から移住してきた熱心な若者もいるらしく、打当も鈴木氏を中心に盛り上げていこうという動きも見られるようだ。岡田はそんな気運に影響されているのだろう。

「へば、みなさん。佐竹《さたけ》夫婦の捜索、及び害獣駆除にご協力願えますか？」

白髪《しらが》の警察官が笑顔を浮かべ、マタギたちに近付いて言った。

だが、マタギたちはあからさまに不快そうな表情になり、顔を見合わせた。マタギたちにとって熊やうさぎだけでなく山菜やキノコにいたるまで、山の恵みはすべて山神の所有物とされる。そのため、熊を狩ることを「ショウブ」と言い、殺すとは絶対言わない。熊を害獣と呼び、駆除するというのも気に入らないのだろう。

「少し待ってけねが。打当の鈴木さんからの連絡待ちなんし。ここさ行ぐと携帯の電波届がねんだ。鈴木さんは我々を代表してマタギ神社に行ってるんし」

康信はスマートフォンを手に、白髪の警察官に言った。マタギ神社は山神を祀《まつ》ってあり、山神神社とも呼ばれている。

「マタギ神社？」

警察官は首を捻《ひね》った。街の警察官なので、マタギの風習を知らないのだろう。マタギは山に入る前に山の神に入山の許しを請い、熊を授かれるよう祈る。今回は凶暴な熊を相手にすることになりそうだが、だからと言って駆除ではなく、マタギにとっては授かることになるのだ。

また、熊を授かった後に、〝ケボカイ〟という儀式をする。仰向《あおむ》けにした熊を北枕にし、代々伝わるマタギ独特の唱えを口にしながらクマザサでその腹を祓《はら》って、魂《たましい》を山神に送り返すという厳粛なしきたりである。

「安全祈願です。警察の方に何かあったらあんべわりべ」

康信は少々端折《はしょ》って答えた。説明しても無駄だと思っているのだろう。康信のスマートフォンが鳴った。

「んだ。岡田です。……んだ、……んだ。了解だす」

岡田は他のマタギたちに頷いてみせた。マタギ神社に行っている鈴木から連絡があったのだろう。

「しぇば、おらたちも祈りを済ませねが？」

緒方が声を掛けると、猟師たちは山神が宿るとされる森吉山の山頂に向かって並んだ。柊真と浅野も列の端に立った。

年配のマタギが二度頭を下げて手を合わせ、それに倣《なら》って他のマタギも一緒に手を合わせた。

警察官たちは離れた場所で珍しげに見ている。

祈りが終わると、マタギたちはライフルのカバーを外し、バックパックに仕舞った。彼らは照準スコープが付けられた木製ストックのボルトライフルをそれぞれ所持している。ストックの持ち手が黒光りしているので、相当使いこなしているらしい。康信はフィンランド・サコー社製のM85を使用している。

「んだば、出発するべ。おらがたマタギは山に入ると、山言葉を使うもんで、あんた方とあんまり話できねぐるんし。里の言葉を使うど、山神様が嫌うもんでな。手で合図すっから、なるたげ従ってけれ」

緒方は白髪の警察官に注意すると、仲間と一緒に先に歩き始めた。地元ということもあるが、熊相手に貧弱な拳銃しか持たない警察官らを守る必要があるからだ。

以前は狩猟中に山言葉（マタギ言葉）を使ったと言われるが、現在は無線機を使って普通に会話していると聞く。緒方は山を知らない警察官に指図されたくないので、あえて山言葉を使うと言ったのだろう。

「我々はしんがりにつくように言われました」

岡田が柊真の元に駆け寄ってきた。

「当然だろう。だが、何か役に立てればな」

柊真はタクティカルポーチからナガサを出し、腰に下げた。

3

午前八時十分。

四人のマタギを先頭に一四人の警察官で構成される警官隊が続き、最後尾の柊真と浅野と岡田も林道に入った。

警察官は総勢一六人いるが、パトカーが置かれた原っぱに二人残っている。本部と連絡をとるために待機しているのだ。

警察隊のほとんどが長さ一三〇センチ近い警杖《けいじょう》を持ち、後方の数人は担架とスコップを担《かつ》いでいる。全員長靴を履いて軍手も嵌《は》め、屋外での行方不明者の捜索は慣れている様子だ。

林道の入口に「私有地内立入禁止」と大きく書かれた立て看板があり、「山菜きのこ類の乱獲及び不法投棄防止のため、私有林への立ち入りを固く禁じます」という注意書が記されている。作業用の林道で森の奥深くまで入れるので、山菜採りをする不届者が後を絶たないのだろう。

マタギらが三〇〇メートルほど入ったところで、林道から外れて右手の森に分け入った。雨がよく降り、気温も高いせいか、木々の根元近くに立派なキノコが生《は》えている。キノコ採りをする人には、宝の山に見えるだろう。だが、岡田の話では、キノコは熊の好物でもあるので注意が必要らしい。

先頭のマタギが一五〇メートルほど東に入ったところで立ち止まった。

康信が振り返って柊真らに手招きをした。

柊真らは急いで緩《ゆる》い傾斜の森を抜け、マタギらが待つ場所まで上った。森の中は落ち葉が積もっており、昨夜までに降った雨のせいで足元が滑りやすくなっている。

康信が自分の足元を指差した。白髪の警察官も近くに立っていた。

「でかい」

ぬかるんだ地面を見た岡田が、思わず呟《つぶや》いた。熊の足跡が泥の上にはっきり残っているのだが、それが異常に大きいのだ。

「確かに大きな足跡だな」

白髪の警察官が腕を組んで渋い表情をしている。

「これって、本当にツキノワグマ?」

腰を落として足跡を確認した岡田が、顔を上げて父親に尋ねた。

「これは後足の跡だども、縦幅が二三センチ、横幅は一八センチ、体重は二五〇〜六〇キログれえだべ。ツキノワグマなら、大人の雄でも後足の縦幅は一五センチ、横幅は一二、三センチだ」

メジャーで計った康信が小声で答えた。他のマタギたちは口を閉ざしている。それでは警察官とコミュニケーションが取れないので、康信が仲介役になったようだ。

「でも、ヒグマってことはないよね。本州なんだから」

岡田は立ち上がって首を横に振った。ヒグマは北海道から以北に生息し、本州にはいないというのは常識である。

「結論はまだ出せねが、これまで以上に注意が必要だ」

康信は沈鬱《ちんうつ》な表情で答えた。

緒方が右手を森の奥に向けた。

「ここから東におよそ二〇〇メートル先になんぼか開けた場所があり、土饅頭はそこにあるんだす」

頷いた康信は、警察官に説明した。

「先を急ぐべ。天気予報では九時ごろから雨が降るんだす」

白髪の警察官は木々の隙間《すきま》から空を見上げた。黒い雲が垂《た》れ込み、今にも雨粒を落としそうだ。

年配のマタギが右手を大きく前に振った。再び、マタギたちは進み始める。警察官たちも足を滑らせながらも付いていく。

二〇〇メートルほど進むと、十坪ほどの空き地があった。その中央に土饅頭と呼ばれる土が盛られた場所が見える。

「周囲の木々が育ちすぎて、その影になった場所の植物が育ちにくくなると、森の中にこうした空き地ができるんですよ。子供の頃、こういう場所を見つけて秘密基地を作ったことがあります。親父に見つかって熊に食われるとこだったぞって、滅茶苦茶叱《しか》られましたよ」

岡田が苦笑を交《まじ》えて説明してくれた。

「おらたちが周囲を警戒している間に、土饅頭を掘り起こしてくれや」

康信が白髪の警察官に告げると、マタギたちは土饅頭を中心に空き地の四方に立った。

彼らは銃弾が装填されていないライフルを構える。いつでも銃弾を込められるように銃弾ケースの蓋を開けている者もいれば、すでに右手に握っている者もいるようだ。

銃刀法で「携帯時は銃（薬室）に装填禁止、弾込めは撃つ直前に行う」というルールがあり、熊を確認していない状態では装塡できないからである。しかも、警察官の面前で法律は犯せないのだろう。

また、今回、熊を確認していないので、県警から正式な熊の射殺命令（警察官職務執行法第四条）が出されたわけでもない。県警からはあくまでも捜索に協力するように要請があっただけなのだ。

「掛かれ！」

白髪の警察官の号令で、スコップを持った三人の警察官らが一斉に土饅頭を崩し始めた。

柊真と浅野と岡田は、邪魔にならないように空き地の端に立った。

「うん？」

何気なく近くの草むらを見た柊真は顔を顰《しか》めた。巨大な糞《ふん》があるのだ。直径二〇センチ超えである。

柊真は傍《そば》の岡田に糞を見るように手で合図した。

「おっ！」

岡田は両眼を見開くと、口笛を吹いて父親を呼んだ。

「これは……間違いない」

巨大な糞を見た康信は絶句した。

「やっぱり、ヒグマなのか？」

岡田は父親に囁《ささや》くように尋ねた。

「いや、ヒグマは本州にいねが。ハイブリッドに……違いねが」

康信は険《けわ》しい表情で躊躇《ためら》いがちに答えると、「熊の糞見つけだ。鉄砲さ、弾込めしてけれ」と無線機で仲間のマタギに連絡した。周囲を警戒しているマタギたちはそれぞれのライフルに装弾する。

「土饅頭だけじゃなく、糞も見つけたので、熊の縄張りに入ったことになります。つまり熊を見つけたのと同じなんです。同時に我々は非常に危険な状態ということです」

岡田はマタギたちの行動を柊真に解説した。

「見つけたぞ！」

土饅頭を掘り起こしていた警察官のひとりが声を上げた。同時に周囲に腐臭が漂《ただよ》ってくる。

「うわっ！」

作業に掛かっていた警察官が悲鳴を上げて後退《あとずさ》りした。無惨《むざん》な死体を見て驚いているのだろう。

柊真は岡田と浅野に合図して、警察官からスコップを取り上げて作業を続けた。戦場では肉片と化した死体を毎日のように見てきた。熊に食い荒らされた死体を見たところで驚くことはない。

「担架を持ってきてくれ」

柊真は呆然《ぼうぜん》としている警察官らに指示をした。性別が判断できないほど傷《いた》んだ二体の死体が土饅頭の下から出てきたのだ。顔面と腹部が食害にあっていた。熊にとっては一番食べがいのある箇所で、残りは後日食べるべく、埋めたのだろう。

担架を持ってきた二人の警察官が死体を見て、慌てて草むらで吐いている。仕方がないので、柊真と浅野と岡田の三人で、警察官から軍手を借りて死体を担架に乗せた。熊だけでなく土中の虫にも食われており、警察官らが嘔吐《おうと》するのも分かる。

担架に死体を乗せ終わった柊真らは、額《ひたい》の汗を軍手で拭《ぬぐ》い、ペットボトルの水を飲んだ。周囲を見ると、警察官らが遠巻きにして三人を見ている。柊真らが黙々と作業を進めるのを見て、驚いているようだ。毛布かブルーシートでも掛けられればいいのだが、パトカーに忘れてきたらしい。

マタギらは持参した線香を死体が見つかった場所に立てて手を合わせている。彼らは山に生きる人間として落ち着いて行動していた。

「あれっ、予報通りですね」

岡田が天を仰《あお》いだ。

まるで作業が終わるのを待っていたかのように、雨が降ってきたのだ。

「急いで撤収すっぺ」

康信が警察官に向かって言ったが、誰も担架に手をかけようとしない。

「仕方がない。そこの君」

柊真は浅野と岡田に担架の一つを任せ、一番体が大きい警察官に手招きをした。柊真は別の担架の後方に就き、警察官は恐る恐る柊真に従って担架の前方の持ち手を摑《つか》んだ。後方はもろに死体が目に入るので、警察官に前方を譲ったのだ。

「撤収！」

柊真は浅野らを先に行かせ、足を滑らせて転んでもぶつからないように三メートルほど距離を空けて続いた。

遠くから獣の雄叫びが聞こえた。土饅頭を作った熊の鳴き声だろう。獲物を横取りされて怒っているに違いない。

「うわあ！」

警官たちが熊の怒声を聞いて慌てている。あまりにも大きな声なので近くにいると勘違いしているのだろう。実際はかなり離れているはずだ。

「おっつけ（落ち着け）！」

康信は大声で叫び、空に向けてライフルを撃った。熊への威嚇《いかく》もあるが、警察官らを落ち着かせるためだろう。急な斜面で転んで大怪我《おおけが》をしたのでは、洒落《しゃれ》にもならない。

「大丈夫。マタギがいるから心配するな」

柊真は担架の前の警察官が不安げに振り返ったので笑みを浮かべて言った。

「熊との決着は必要でしょうね」

前を歩いている岡田が、熊の雄叫びが聞こえた東の方角を睨《にら》みつけた。

「そのようだな」

柊真は大きく頷いた。

4

午後七時二十分。

柊真と浅野は、岡田の実家の二階にある居間で酒を飲みながらくつろいでいた。夕食に呼ばれてご馳走《ちそう》になったのだ。

柊真らは裏山にあった土饅頭から掘り起こした二体の死体を運び、ブルーシートを敷き詰めたハイエースのパトカーに乗せた。死体は北秋田警察署に移送されるそうだ。

捜索隊は墓地の原っぱで解散になったため、岡田親子ともそこで別れてホテルに戻っている。

午後に、柊真と浅野はホテルから車で五分という〝くまくま園〟に行って実際の熊をこの目で見てきた。ツキノワグマは、小熊と雌熊と雄熊がそれぞれ別のエリアで飼育されており、餌をねだる愛らしいポーズをするのだが、ヒグマは体格が二回りも大きく、時折雄叫びを上げる。獰猛《どうもう》さは格段に違っており、ツキノワグマは成獣になると体毛は黒くなるがヒグマは赤毛と、外観もはっきりと区別できた。また、ヒグマは一三頭いるが、気性《きしょう》が荒いので同時には展示できないそうだ。

「私は先に失礼しますね。お二人ともゆっくりなさってください」

燈子は康信に支えられて立ち上がると、壁を伝うように居間を出て行った。今日は調子がよく、夕食の準備もしたらしい。だが、さすがに疲れたようだ。

「トイレ行ってくる」

岡田も居間を出て行った。燈子を気遣って後を追ったのだろう。

「お伺《うかが》いしたいことがあります。よろしいですか？」

柊真は居住まいを正し、康信の目を見て言った。

「その前に、息子からはあんたが気を遣うからと口止めされていたんだが、遅ればせながらおらの方から改めて礼を言わせてくれ。ウクライナに行った優斗を救ってくれたあんたには、感謝のしようがねえ。しかも戦場から連れ戻してくれた。本当にありがとうございました」

康信は座布団《ざぶとん》から下りて、畳に手を突いて頭を下げた。息子に見せたくなかったのだろう。基本的に任務の内容は家族にも話してはいけないことになっているが、岡田を助けたのはケルベロスに入る前のことなので、当時彼から聞いたのだろう。

「滅相《めっそう》もない。たまたま居合わせただけです。頭を上げてください。あの状況なら誰でもそうしたはずです」

柊真は康信の前に座って言った。

「優斗は、命の恩人であるあんたを信じて行動してるんだ。あいつがマタギを継ごうと言い出したのも、あんたの影響だべ。これからも、息子を導いてやってくれや」

康信は再び頭を下げたが、慌てて座布団に座り直した。廊下から足音がしたのだ。

「納戸で高清水《たかしみず》を見つけたよ。それに冷蔵庫にいぶりがっこがあった」

岡田が一升瓶と小皿を手に戻ってきた。高清水は秋田産の純米吟醸酒である。

「おお、それはよかった。酒が足りねえと思っていたところだ」

康信は空《から》になったグラスを振ってみせた。よほど息子に威厳を保ちたいようだ。

「明さん。口直しに純米吟醸にしませんか?」

岡田は新しいグラスに酒をなみなみと注《つ》いだ。

「いいねえ」

柊真はさっそく酒を口にした。程よい酸味と旨《うま》みが口の中に広がり、華やかな香りが鼻腔《びこう》を抜けた。海外生活が長いため日本酒はあまり口にしないが、いい酒だということは柊真にも分かる。

「ところで、さっきなんか質問があったみだいだども」

康信もグラスに日本酒を注いで柊真に尋ねた。

「今日、熊の足跡と糞を確認した際に、『ハイブリッド』と呟かれましたね。あれはどういう意味ですか？」

柊真はずっと気になっていたのだ。

「確かでねえことをつい喋《しゃべ》ってしまった。ハイブリッドとは、ヒグマとツキノワグマとの交配種のことだべ」

康信は真顔になって答えた。

「ヒグマとの交配種？　詳しく説明してもらえますか？」

柊真はグラスに残っている日本酒を飲み干して尋ねた。

「だいぶ昔になんだども、八幡平《はちまんたい》にも熊牧場があったんだ。そこで、事故が起きて、二人の飼育員が脱走したヒグマに襲われたんだ」

康信は立ち上がると、壁際の棚から角封筒を出し、中からスクラップブックを出すと柊真に渡した。開けてみると、古い新聞や雑誌の切り抜きが何ページにも亘《わた》って貼られている。

「おらの集めた当時の記事だ。事故があったのは、平成二十四年（二〇一二年）のことで、同じ秋田県のことだもんで打当のマタギにとっても衝撃的な事件だったんだ。それに俺は若い頃、二年ほど修行のために北海道でヒグマ狩りを手伝ったごどがある。ヒグマが逃げだって聞いて正直言って震え上がった」

康信は事件の詳細を覚えており、時系列に沿って説明を始めた。

一九八七年に開業された〝八幡平熊牧場〟は、国道341号沿いの八幡平温泉郷の山中にあり、ヒグマ、ツキノワグマ、コディアックヒグマを三八頭も飼育展示していた。

園内には釣り堀も併設されていたが、十月下旬から四月下旬の冬季は豪雪のため閉園し、従業員はたったの三名という零細企業であった。閉園中も熊の餌代は掛かり、来客の入場料だけでは採算が取れず、経営状態は赤字続きで熊の餌も慢性的に不足していたそうだ。

経営悪化により、二〇一二年の秋をもって廃園することが決定された。だが、同年の四月二十日の早朝、六頭のヒグマが脱走し、二人の女性従業員を殺害したのだ。

午前九時半ごろ、園内で女性従業員の「熊が逃げた！」という叫び声を聞いた七十代の男性従業員は、現場に駆けつけた。すると、女性従業員が二頭のヒグマに襲われており、倒れていたもう一人の女性従業員も声を掛けても応答がないため、施設を脱出すると経営者の男に連絡をした。

経営者の男は午前十時過ぎに一一九番通報し、午前十時半ごろ、男性従業員は現場に近い鹿角《かづの》市猟友会に救援を求めて駆け込んでいる。猟友会はすぐさま行動を起こし、牧場入口で女性従業員を襲っていたヒグマ三頭と餌場付近にいたヒグマ一頭を射殺した。その後、餌場のプレハブ小屋に二頭が隠れたため、重機を園内に持ち込んで小屋を壊して一頭、さらに猟友会のメンバーが重機の中から最後の一頭を仕留めている。

「それにしても、どうやって逃げたんだろう？」

柊真が見ているスクラップブックを横から覗き込んでいた岡田が、首を傾げる。

「ヒグマが逃げ出した運動場は南北に長く三つに分かれていたんだ。それぞれ四・五メートルのコンクリートの壁に囲まれていた。西側にある観覧用通路までは四・三メートルの高さがあり、その上に七〇センチほどの柵《さく》があったんだと。んだが、冬の間、除雪した雪を従業員が運動場に落としていたんだとよ。一番北にある運動場の角には積もった雪が三・三メートルの高さにまでなってたらしい。通路までは一メートル、ヒグマの跳躍力なら飛び越えられる。腹を空かしたヒグマは餌を求めて脱走したんだ」

康信は資料を見ることもなく答えた。

「記事を見ると、三八頭のうち六頭が脱走し、敷地内で射殺されたことになっていますね。ただ、雑誌によっては三四頭だったり、三五頭だったりといい加減ですが」

柊真は記事を読んでハイブリッドの可能性に首を捻った。脱走したヒグマがツキノワグマと交配した可能性があると思っていたが、記事を読む限りは脱走した熊はすべて射殺されたことになっている。

「八幡平熊牧場では、熊の個体識別台帳も作成していなかったんだと。県が十回に及ぶ立入調査をして、指導したが改善しなかったんだ。だから、そもそも三八頭という記録も怪しい。それに地元の猟友会が六頭射殺したども、おどごらが駆けつける前に脱走したヒグマがいてもおがしぐはない。なんせ、男性従業員が逃げ出して一時間以上無人だったんだ。この五年ほどだが、秋田の熊取平《くまとりたい》や岩手の四角岳《しかくだけ》、青森の迷ケ平《まよがたい》や田代平《たしろたい》で赤毛の大型個体が目撃されてる。それについ先月には鹿角市大湯《おおゆ》で二人の警察官と民間人が大熊に襲われた」

康信は答えたが、切り抜き記事にはそこまでの記載はなかった。

「なるほど」

柊真は相槌《あいづち》を打って話を促《うなが》した。

「二〇一六年の五月から六月にかけて十和田《とわだ》大湯エリアの山中に入った四人が熊に襲われて死亡、四人が重軽傷を負った事件があったんだって。主犯と言われた雄熊は〝スーパーK（鹿角市の頭文字）〟と名付けられたんだと。スーパーKを産んだ母熊も人を食い殺したごどあるって、一二〇キロ級のでっけい赤毛の雌熊だそうだ。スーパーKは、その年の九月に箱罠《はこわな》で駆除されたが、母熊は捕まってねえんだわ。地元ではスーパーK以外にも〝ハイブリッド個体〟がいるって噂《うわさ》なってる」

康信は淡々と話を続けた。

「スーパーKを産んだ母熊は、ヒグマ、あるいはハイブリッド個体だった可能性があるのか。ヒグマの行動範囲は、雄が数百キロ平米、雌は数十キロ平米ぐらいだ。廃園になった熊牧場から鹿角市大湯までは、直線距離で四〇キロ。今日の事件現場までは二八キロ。ハイブリッド個体なら雌雄問わず行動範囲だ。阿仁地区に現れたとしても不思議じゃないな」

岡田は腕組みをして言った。マタギを継ぎたいというだけあって、熊の生態に詳しいようだ。

「ちょっと、待ってください。北海道大学の教授は『ツキノワグマとヒグマは、種が明らかに違う。種が違うと〝生殖隔離〟といって、一般的には生殖ができない』と解説していますよ」

話を聞いていた浅野が、スマートフォンで調べたらしい。

「だけど、『過去に動物園などでは例外が』あったとも書かれているぞ。自然界でもあり得るんじゃないのか」

岡田が浅野のスマートフォンを取り上げて記事の続きを読んだ。

「確かにな。極端な例だけど、ほとんどの現代人の遺伝子構造には、ネアンデルタール人との異種交配を示す確かな証拠があると聞いたことがある。ヒグマとツキノワグマ間での交配も不可能とは言えないかもな」

浅野は頭を掻《か》きながら頷いた。

「種の違いはおらも知っている。だども、ハイブリッド個体がいても不思議じゃねえ。また、和賀山塊《わがさんかい》では、〝コブグマ〟の伝説が昔から伝えられていて、普通の熊の二倍の大きさがあり、足にコブがあるという。実際、昭和三十四年に朝日《あさひ》岳付近で巨大熊の撮影に成功している。自然界は人間の想像を絶することもあるんだ。何十年とマタギをしていれば、それは分かるんだ。ただ、これだけは言える。人間の味を覚えた熊は、また人間を襲う」

康信は話を締めくくるように言った。

和賀山塊とは秋田・岩手県境にある山塊で、原生林がある山深い場所である。朝日岳は和賀山塊の主稜線上にある山で、標高は一三七六メートル、羽後朝日《うごあさひ》岳とも呼ばれている。

「阿仁地区ではどうするんですか？」

柊真は康信を見て尋ねた。

「他の集落のマタギと一緒に山を調べて、巻狩《まきが》りをするごとになってるんだ」

康信は即答した。すでに阿仁の猟友会では決定しているようだ。巻狩りとはマタギが集団で狩りをすることである。

「お手伝いできますか？」

柊真は身を乗り出して尋ねた。

「今朝、怖がらねで手伝ってけだおかげで、遺族のもとさ遺体を帰すごどできたんだ。マタギ仲間も褒《ほ》めてだよ。あん時、おらは本当に誇らしがったなあ。一緒に猟に出れば、あんたたちもマタギだよ」

康信は大きく頷いてみせた。

5

六月六日、午前五時五十分。打当温泉　マタギの湯。

柊真と浅野はホテルの駐車場に停めてあるジムニーの前に佇んでいた。

気温は十四度、雲が厚いせいで東の空は僅かに明るいが、辺りは夜明け前の暗闇に閉ざされている。

県警から阿仁猟友会に人喰《く》い熊の正式な射殺命令が出たそうだ。もっとも、民間に命令を出すわけにはいかないので、この場合、駆除依頼という形をとっている。

阿仁地区のマタギに改めて人喰い熊の捜索と駆除が依頼され、岡田親子は昨日に引き続き捜索を任された。特に今回の熊は、ハイブリッドの可能性もあるということで、康信の北海道でのヒグマ狩りの経験を買われているそうだ。

駐車場に岡田親子が乗ったパジェロミニが入ってきた。ホテル前で待ち合わせをしていたのだ。

運転席から降りてきた岡田が、荷台からオレンジ色のベストとキャップ、それに長い棒を出した。

「二人ともでっかいから熊と間違われないようにこれを着用し、杖《つえ》を使ってください」

岡田は柊真と浅野にベストとキャップと一四〇センチ近い棒を渡してきた。警杖より若干長い。しかも片方が少し尖《とが》っている。角張っていないが、山登りで使われる杖と似ている。

「これは、ひょっとして」

柊真は腰に下げているフクロナガサを鞘《さや》から抜き、杖の先端に差し込んでみた。思った通り、しっかりと嵌《はま》る。

「ぴったりだ。柄の穴と棒の穴の位置も合う。これは刀の目釘《めくぎ》と同じ仕組みだね。フクロナガサを使う前提の棒なのか」

大きく頷いた柊真は笑みを浮かべた。

「これはマタギが山に入るときに使う杖で、雪道や斜面を歩く際、滑り止めとしても役立つそうです。家にあった古い杖の先端に穴が空いているので不思議に思っていたんです。

親父に聞いたら竹製の目釘もありました。　昔のマタギは〝タテ〟と呼ばれる槍を持っていたようです」

　岡田は柊真に小さな竹製の目釘を渡した。

「針金か何かを巻いて、目釘が落ちないようにすれば完璧だな」

　柊真は穴に目釘を差し込んで大きく頷くと、棒を左右に回転させた。家伝の疋田新陰流には棒術もあるが、柊真は独学で中国武術の棍術《こんじゅつ》も研究したことがある。棍術はスピード感があり、一人で稽古するのに向いているからだ。

「六寸ナガサは槍の穂先としては重いからバランスが悪いな。だが、突きの攻撃には問題ない。熊相手だから、攻撃は基本的に突き一択だな」

　柊真は目にも留まらぬ速さで連続して五回突いた。

「明さん。山に入ってからにしてください。めちゃくちゃ銃刀法違反していますから」

　傍で見ていた浅野が手を横に振った。

「ああ、そうだな」

　柊真は苦笑を浮かべて杖からナガサを抜いて鞘に戻した。武器を扱うと夢中になってしまうのは、子供の頃から変わらない。というより新しい武器を手にすると、おもちゃをもらった子供のようになるのだ。

「もういいべ？」

三人を見守っていた康信が、駐車場の出入口で声を掛けてきた。

ホテルの近くにある山神神社にお参りするのだ。阿仁地区の三つのマタギの里には、それぞれ山神神社があるそうだ。打当には古くから山深い岩井ノ又沢にマタギ神社があるらしく、康信らは先にその神社でお参りを済ませてきたらしい。

康信は河辺阿仁線に出ると西に向かって一六〇メートルほど歩き、右手の小道を山に向かって十数メートル進んだ。柊真と浅野も岡田と共に続く。

康信は銀色の鳥居を潜《くぐ》って三十段ほどの石段を上ると、頭を下げて拝殿の両開きの戸を開けた。小さな祭壇があり、その上に紙に包まれた米と煮干しと魚のオコゼを供える。山神は醜《みにく》く嫉《しっ》妬《と》深い女性神とされており、自分よりも醜いオコゼを見ると機嫌を直すという言い伝えによるものだ。

「大モノ千匹、子モノ千匹、タタかせ給え。アビラウンケンソワカ」

康信は二礼二拍手した後、早口で祈りを捧《ささ》げた。

柊真らも康信の下の石段に並んで立ち、手を合わせた。

「さあ、行ぐべ」

康信は清々《すがすが》しい表情で振り返ると、階段を下りた。

四人は再びホテルの駐車場に戻ると、それぞれの車を出し、昨日捜索隊が集合した原っぱに車を入れる。

柊真は車から降りると、バックパックを担いだ。水や食料だけでなく、ビバークのための用意もしてきた。日帰りとは限らないからである。

数分後、二台の車が原っぱに停められた。昨日と同じ顔ぶれで、県警の依頼で打当と根子と比立内の里からそれぞれマタギが参加しているのだ。彼らは各々《おのおの》の里の山神神社でお参りを済ませて集まっている。

「倅《せがれ》たちは、マタギごくなったな」

緒方がオレンジ色のキャップとベストを着た柊真らを見て笑った。

「お陰さんで。緒方さん、仕切ってけねが？」

康信も笑顔を浮かべて言った。

「何を言っている。ヒグマ撃ちの経験がある岡田さんが、シカリだで」

緒方が右手を大袈裟に振ると、他のマタギたちも「んだ。んだ」と調子を合わせる。

「そいだば、行ぐか」

康信は真剣な表情で頷き、歩き始めた。

昨日二つの遺体を見つけた場所に向かっている。皆、無言で歩く。ただの熊狩りではない。人喰い熊の駆除が目的だ。人喰い熊が山神さまからの授かり物なのかと疑問が浮かぶ猟に、マタギたちの足取りは重たげだ。

数分後、一行は土饅頭があった空き地に出た。マタギたちは三班に分かれて周辺を調べ始めた。彼らは無線機を持っており、出発前に周波数を合わせている。柊真と浅野も無線機を借りて装着していた。

「ここには戻っていねえべや。東に行くべ」

周囲を調べた康信は、他のマタギと示し合わせて東の森に分け入る。東の木立の枝が折れた痕跡《こんせき》に加え、熊の足跡も残っているのだ。

柊真と浅野は彼らの邪魔にならないようにしんがりに付き、岡田は父親と行動していた。次世代のマタギとして経験を積むためである。柊真は杖を突きながら斜面を上った。フクロナガサは腰の鞘に収めたままである。杖の先に付けると、他人に怪我をさせる恐れがあるからだ。

深い森の道なき道を五〇〇メートルほど進んだところで、康信が立ち止まった。

――くぬぎの木の幹に大きな熊の爪痕《つめあと》発見。このまま北東に進みます。

岡田からの無線連絡が入った。

「了解」

柊真は小声で返事をした。

康信から熊は追って狩れるものではないと教えられている。マタギは、熊に人間の気配を気付かれることを〝セディにかかる〟と言い、下手に追いかけては駄目らしい。追うのではなく、熊の気持ちになって行動することで、熊を見つけるという。音も立てず言葉も交わさずに熊に忍び寄ることを、マタギは〝しのび狩り〟というが、秋や春の狩猟解禁期間と違って雪がなく、足跡も見つけにくいこの時期は、狩りが一段と難しいのだろう。

だが、それでも熊が通って枝が折れた跡、石や岩に残る爪痕、木の幹の傷、腐葉土に僅かに残る足跡を追跡する。熊は熊で、痕跡を残さないように移動する。それでもなお、熊が木に爪痕を残すのは、縄張りを誇示するためだそうだ。

午前八時二十分。

北東に二キロ進んだところで、再び康信は立ち止まった。これまで、急斜面や峰を越えている。鍛え抜かれた柊真でもかなりの運動になった。だが、老練なマタギらは、平気で歩き続ける。

気温は十五度に上がった。森の中は湿度が高く風も吹かないため、全員が額《ひたい》に汗を浮かべていた。

――熊の糞を発見しました。見ますか？

岡田から無線が入った。

「ああ」

柊真は浅野と共にマタギらを抜いて先頭に出た。

岡田の足元に直径三十数センチ近い糞があった。

「こいつはまだ新しい」

康信が腰を落とし、小枝の先で糞を崩した。途端に異臭が立ち込める。

「昨日の糞は、三日ぐらい経《た》って古かった。それに木の実を食ってたから臭くなかったども……。この酷《ひど》い臭いは、肉を食ったからだべな」

顰《しか》めっ面《つら》になった康信は、立ち上がった。動物性の肉を消化したので臭うらしい。

「あそこさ足跡さ残ってるべ。ここから東さ古木が多くて隠れるのによく合うべな。たぶん、西の棚田さ避げで、東さ棚田の手前の古木の森に巣があるかもしれね。これまでの足取りからして、人間の匂いがする場所さ避げでるみてだな」

康信は糞の数メートル先に残されている熊の足跡に近寄り、東の方角に手を挙げた。

「棚田？」

柊真は首を傾げた。

「戸鳥内大野《とりないおおの》の棚田は有名ですが、山の中に昔の棚田の跡があるんです。熊からすると、人間の気配がまだ残っているのかもしれませんね。それに、棚田跡には木が生《は》えていません。それで熊も避けたのかもしれませんね」

岡田は柊真に分かるように補足した。

「一昨日《おととい》の夜、ホテルの近くで熊の咆哮《ほうこう》を聞いた。方角は西だった」

柊真はスマートフォンを出し、衛星画像を表示させて自分の位置を確認した。

傭兵代理店から支給されたスマートフォンで、台湾のメーカーに特注で作らせたものだ。腕利きのハッカー、土屋友恵《つちやともえ》が作成したプログラムが組み込んであり、通話もメールも暗号化され、代理店独自のアプリも使える。ただし個人的な連絡手段としては使わないので、プライベート用は別に携帯していた。

また、世界中で使えるように衛星モバイルルーターも支給されているので、二台とも常時携帯するようにしている。民間の携帯の電波が届かない山の中でも使える優《すぐ》れものだ。

「あの時、明さんが聞いた熊の鳴き声は人喰い熊のものだったのかもしれませんね。ホテルから西の森なら、この場所からだと東だ」

岡田は柊真のスマートフォンを覗き込んで言った。

「おらもそんたげ思うず。人喰い熊は八幡平の方角から西さ移動して来たんだべな。こんなにでっけえ熊が人に知られねで阿仁さ来たのは、人里ば避けて来たからだべな。八幡平あたりで悪さしていた大熊にちげえね。だども、人を食って変わったはずだ。熊にとって人は毛の生えてねえ獲物だと知ったべ」

緒方は足跡を見つめながら言った。彼はおそらくスーパーKの母熊のことを言っているのだろう。だが、母熊が生きているということは、スーパーKの兄弟がいる可能性もあるということだ。

「今は人を恐れていない、ということですか」

岡田は緒方に尋ねた。

「熊は人さ食って自信こ付けた。おめたちが死体を運ぶ際に、雄叫びを上げたのがその証拠だ。普通の熊なら音も出さねで、じっとしている。それに、木の幹に縄張りを示す爪痕がある。岡田さんが言ったように、おらも東の森に潜《ひそ》んでいると思う」

緒方は東の方角を見つめ、腕を組んだ。

「応援呼んで、巻狩りするべ」

康信は両手の拳《こぶし》を握りしめて言った。

6

翌日の午前七時。柊真を乗せたジムニーは戸鳥内大野の棚田の脇を通る農道を走っていた。

標高三五〇メートルの山間部に作られた棚田は森吉山の麓に位置し、天に向かって広がる約二百枚の水田は〝天空の棚田〟と呼ばれている。棚田で作られる〝あきたこまち〟は、澄んだ空気と森吉山を水源とする綺麗《きれい》な水によって育《はぐく》まれ、平地米では味わえないしっかりとした粒感と弾力が特徴と言われる。

柊真は助手席のウィンドウから山々に囲まれた棚田をじっと見つめていた。曇り空で風景はどことなく色褪《いろあ》せているが、雄大な田園風景が心を癒してくれる。日本人にとって故郷と言うべきはこういう風景だろう。

「棚田っていいでしょう。私も、岡田の実家に遊びに行くときはいつもここに来るんです。ほっとしますから」

浅野も棚田の風景を見て柊真と同じような気持ちになっているのだろう。この美しい風景を嫌う者はいないはずだ。

「いいよな」

柊真は棚田の風景を見ながらしみじみと呟いた。

昨日の午後、打当の鈴木宅にマタギが集合し、巻狩りの打ち合わせが行われた。この地域の地図を広げてどこの峰に誰を配置するかというものだ。

同じ里のマタギだけならチームワークがあるため、現地でシカリが直接指示をすれば事足りるが、今回は三つの里のマタギの合同になる。里が違えば狩り場やマタギの山言葉も違うため、前日に綿密な打ち合わせが必要になったらしい。

巻狩りは昔なら四〇人前後で行われたが、今は一〇人も集まらないという。今回は人喰い熊を相手にするために一つの里から三、四人のマタギを出すことになっていた。

打当からは鈴木、康信、益田《ますだ》のマタギの他に柊真、浅野、岡田を合わせて六人出し、他の里からは三人ずつで総勢一二人になる。シカリは、康信が経験豊富な鈴木に頼み込んだ。そもそも、他の里のマタギも鈴木ならと集まったのだ。

巻狩りは、〝マチパ〟と呼ばれる銃撃手たちが待つ方に、獲物を追い立てる役割の勢子《せこ》たちが「ほりゃー！」と大声を上げながら熊を追い込む。ちなみに〝マチパ〟を〝ブッパ〟と呼ぶ里もあるそうだ。

熊は追われると斜面を上っていく習性があるので、基本的には斜面の下から上に追い込む〝上り巻き〟が多いらしいが、地形によっては〝横巻き〟や〝下り巻き〟という場合もあるという。今回は上り巻きで行われるそうだ。

康信が勢子のまとめ役になり、柊真と浅野と岡田の他に別の里から参加している二人の若手マタギを協力させる。勢子役は戸鳥内大野の棚田傍の農道がそのまま林道になるため、その途中まで車で行く。そこから徒歩で斜面の下にある森の南側の決められた位置に就くのだ。

マチパは森吉山阿仁スキー場に続く山道で斜面の上である森の北側から進入し、二〇〇メートルから最大四〇〇メートル間隔で狙撃の位置に就く。鈴木はシカリだが、自らライフルを携帯してマチパとして参加する。マチパと勢子の距離は一・六キロから一・八キロ離れており、人喰い熊は東西二キロ、南北に一・八キロのエリア内にいるという想定で行われるのだ。

先頭を走る岡田が運転するパジェロミニが、林道の途中で停まった。浅野も音を立てないようにゆっくりと車を停める。林道は四〇〇メートルほど先で行き止まりになるそうだが、そこまで車で行くと熊に気付かれる可能性があるため手前で停めるのだ。

柊真と浅野は車を降りて、パジェロミニの傍に立つ康信に近付いた。

康信は地図を広げ、無言で各自のポジションを指差して最後の確認を行った。普段なら「あっち」「こっち」と簡単な言葉で済むらしいが、素人《しろうと》の柊真らのために地図が用意されたのだ。

康信は東の端に就く。追われた熊が斜面を北に向かうのではなく、東にある沢伝いに逃げる可能性があるからだという。水が流れる沢なら足跡が残らない。熊はそれを知っているらしく、沢に逃せば追跡が困難になる。

他の里から来た若いマタギは、中央と西の端に就き、柊真と浅野はマタギらの間に就く。勢子にも銃を持ったマタギが入るのは、追われている熊が逆走してくる可能性もあるからだ。

指示を受けた柊真は、杖を突きながら森に分け入った。傭兵という職業柄、地形はすでに頭に入れてある。勢子は大声を出しながら斜面を上っていくが、初心者は喉《のど》を痛めて声が出なくなるそうだ。その点、柊真たちは声を張り上げて突撃訓練を繰り返した経験があるので、問題ない。

柊真は二〇〇メートルほど歩いて立ち止まり、周囲を見回した。少し遅れて岡田親子が無言で追い越して行く。

勢子は東から康信、その一〇〇メートル西に岡田、彼から一五〇メートル離れて柊真、二〇〇メートル離れて比立内のマタギ、その二〇〇メートル西に浅野、さらに二〇〇メートル西に根子のマタギが就く。シカリからの無線連絡で一斉に声を張り上げ、北に向かって斜面を駆け上がるのだ。

――マチパ、位置さ就いた。勢子はどうなっている？

十五分後、鈴木からの無線連絡が入る。

――勢子、位置に就いています。どうぞ。

康信が返事をした。

――始めてけれ。

鈴木から指示が届く。

「ほりゃー！」

柊真は岡田から教えてもらった掛け声で叫んだ。同時に他の勢子たちも大声を出す。

「ほりゃー！」

「ほりゃー！」

六人の勢子たちの声が森を揺さぶるように響き渡る。ただ大声を上げるのではなく、腹から出す「ほりゃー！」という叫び方は喉に負担を掛けずに響き渡るようだ。

「ほりゃー！」

柊真は夢中で叫びながら森を早足で歩く。他の勢子たちとなるべくスピードを合わせるように言われているので、はやる気持ちを抑えている。

二発の銃声が響き渡る。

――ショウブ！　ショウブ！

無線に甲高《かんだか》い声が響く。誰かが熊を仕留めたらしい。

――誰さ撃った？

鈴木が狙撃は誰かと聞いている。

――おらが撃った。緒方だ。

緒方が興奮気味に答えた。

「やった！」

柊真は思わず拳を握りしめた。

――熊、確認。ツキノワグマだ。

――赤毛じゃねのか？

撃ち殺した熊を確認したらしいが、人喰い熊ではなかったらしい。

「うわ！」

突然、岡田の悲鳴が聞こえた。

柊真は反射的に声が聞こえた東の方角に向かって走った。足元が悪いが、木立の間を縫うように駆け抜ける。

銃声！

「何！」

柊真は一瞬立ち止まった。十数メートル先に赤毛の熊がいる。その三メートルほど奥に岡田が気絶しているのか、仰向けに倒れているのだ。

「熊！　こっちさ向け！」

康信が柊真と反対側の三〇メートルほど離れた藪《やぶ》の中から顔を出し、大声で叫んだ。息子が近くにいるために熊の気を逸《そ》らそうとしているのだろう。

赤毛の熊は呼応するように雄叫びを上げて康信に向かって立ち上がった。二メートルは優に超えている。

康信が銃撃した。

熊が仰《の》け反《ぞ》って倒れたが、首を振ってすぐに起き上がった。致命傷ではなかったらしい。

「何！」

柊真は両眼を見開いた。

撃たれた熊がいきなり柊真の方に向かって猛然と走って来たのだ。咄嗟《とっさ》に杖を構え、駆け寄って来た熊の喉元を突く。同時に熊の右前足が飛んできた。

「げっ！」

本能的に腰を引いたが、左脇腹に激痛を覚えた。顔を歪《ゆが》めた柊真は足を滑らせ、尻餅《しりもち》をついた。

「ぐおー！」

大熊は柊真の前で立ち上がった。とんでもなく大きく見える。左脇腹を右手で触るとべっとりと血が付いた。

「たっ」

助けてと口元まで出掛かった。瞬間、鼻先で笑う妙仁の顔が脳裏を過《よぎ》った。

柊真はわざと後ろに転がって間合いを作ると、腰の鞘からナガサを抜き、杖の先に突っ込んだ。

「よし。掛かってこい！」

柊真は立ち上がると即席のナガサ槍を両手で握った。杖は話にならなかったが、これなら立派な武器になる。槍を通して身体《からだ》中にアドレナリンが溢《あふ》れ出すのが分かった。

「ぐおおー！」

大熊は首を左右に振り、先ほどよりも大音声《だいおんじょう》で叫んだ。その左目は潰《つぶ》れ、頬《ほお》と額に傷痕があった。過去にライフルの弾丸を受けた古傷なのだろう。命を奪うほどの怪我ではなくても、人間に復讐《ふくしゅう》心を抱かせるには充分な傷である。

「勝負だ！」

柊真も負けじと大声を出し、槍を回転させてナガサを右後方に隠すように構えた。一瞬だが、大熊の視線が槍に向いた気がしたのだ。剣術で言えば、切先《きっさき》を右後ろへ隠すように構える脇構えである。熊は目が悪いと言われるが、眼前の大熊は柊真の動きを観察しているようだ。

「ぐおー！」

雄叫びを上げた熊が再び立ち上がり、柊真に覆い被さるように飛びかかって来た。

柊真は槍を回転させ、槍先のナガサを大熊の心臓目掛けて渾身《こんしん》の力で突き刺した。

「ぎゃおー！」

大熊が立ったまま呻《うめ》き声を上げる。

柊真は槍を刺したまま踏ん張った。槍を引けば、ナガサは杖から抜け落ちてしまう。大熊の心臓が止まるまでナガサを抜くことはできない。今度、熊の一撃を食らったら只《ただ》ではすまないだろう。

「突け、突け！　熊っさ倒れても突き続けろ！」

藪から出て来た康信が言った。むかしのマタギは熊を銃で撃ち、トドメはタテ（槍）で行っていたと聞いている。

「おお！」

呼応した柊真は右足に力を入れ、一歩前に出た。だが、怪我のせいか左足に力が入らなくなっている。

大熊は牙《きば》を剝《む》き出し、左右の前足を振りながら前に出る。右前足が柊真のキャップを弾《はじ》き飛ばした。

「くそっ！」

柊真は歯を食いしばった。腹に力を入れると激痛が走るのだ。熊の心臓と思って刺したが、急所を外しているのかもしれない。それでも六寸のナガサの刀身が根元まで刺さっている。心臓は外したとしても、大熊に深手を負わせたことに変わりはないだろう。

「おめっさ！　怪我してらんじゃないか！　ここまでだ。おらがトドメをさす」

近付いて来た康信が、柊真の怪我に気が付きライフルを構えた。

「これは俺の勝負です」

柊真は槍を押し込みながらさらに一歩踏み出し、ナガサの柄の部分まで大熊の体に刺し込んだ。

「ぐおー！」

大熊は尻餅をつくと、仰向けに倒れる。柊真はすかさず大熊に跨《また》がり、槍を下に引いて傷口を広げた。大熊はだらりと四肢《しし》を伸ばし、口を開けると血を吐き出して動かなくなった。それでも柊真は槍を手放さず、大熊を睨み続けた。

「ショウブ！　ショウブ！」

康信が高らかに宣言する。

「くうー」

力尽きた柊真は転がるように倒れ、大熊と並んで仰向けになった。

7

午後六時。

柊真は岡田家の一階の部屋にあるソファーで横になっていた。岡田の家で傷の手当てをし、そのまま休ませてもらっているのだ。

大熊に襲われて右前足の爪《つめ》で左脇腹を引っ掻かれた。柊真は咄嗟に身を引いたのだが、僅かに掠《かす》り、三本の爪痕が残ったのだ。中央の傷は深さ一センチ、長さは一〇センチ、上下の傷は八センチほどあった。

康信から街の病院に行くように勧められたが、柊真は傷の手当ては自分でできるからと断った。実際、戦地ではこの程度の傷なら人の手を借りずに処置してきたからだ。そもそも傷の処置を自分でできなければ生存率が下がるだけである。

手術用の針と糸がないため、岡田の家にあった製本にも使える大型のステープラーを借りて傷口を止めている。さすがにバイ菌が入るからと、岡田はステープラーを鍋で煮沸消毒してくれた。

ステープラーの針で止めた傷口を滅菌ガーゼで覆い、その上から配管などを止める防水テープを体に巻きつけた。傭兵にとって防水テープは絆創膏《ばんそうこう》みたいなものである。

シカリを務めた鈴木の家で、午後六時から宴会が開かれることになっていた。人喰い熊を駆除し、ツキノワグマを授かった祝いである。熊を撃ったマチパも勢子も関係なく、授かった熊の肉や内臓などを公平に分けるそうだ。浅野は岡田に代わって宴会の手伝いをするために先に行っていた。

昔は狩りの後に集落の各戸から正装した村人が集まり、〝熊祭り〟という宴《うたげ》を開いたそうだ。マタギの里では代々熊狩りの時だけでなく、普段から助け合って生きてきた。喜びを分かち合うという慣習があったのだろう。

人喰い熊は県警に引き渡された。トラックに積み込む前に、康信が熊を調べている。体長は二・三メートル、体重は測ることができなかったが四〇〇キロを超えているらしい。また、歯の状態から年齢は七歳前後、体毛は赤毛でヒグマに似ているが、康信でもそれ以上のことは分からないそうだ。

顔面の傷は銃弾の痕と思われるが、古傷らしい。手負いになって移動し、阿仁に居着いたのだろう。ツキノワグマと同じように木の実を食べて暮らしていたが、縄張りに侵入してくる人間を襲ったことで凶暴化したようだ。

県警は秋田大学医学部に熊の死体を持ち込み、解剖調査をするらしい。胃の内容物を調べるなど、本当に人喰い熊なのか調べる必要があるからだろう。

「宴会が始まったようですが、行きますか？」

腕時計で時間を確認した岡田は、ソファーで横になっている柊真に言った。

「もちろんだ。行かなきゃ、お父さんに心配かけるだろう」

柊真は体を起こし、ゆっくりと立ち上がった。一緒に巻狩りに行ったマタギたちには怪我のことは内緒にしてある。傷を見ている康信にも他人に言わないように頼んだ。

「無理しなくてもいいんですよ」

岡田は柊真が立ち上がるのを手伝った。

「大丈夫だ。一人で動ける。おまえこそ、大丈夫か？」

柊真は苦笑を浮かべて言った。岡田は藪から飛び出してきた大熊にいきなり襲われたらしい。大熊の一撃を咄嗟に避《よ》けたらしく、杖に熊の爪痕が残っていた。その衝撃で岡田は数メートル飛ばされて木の幹で頭を打ち付けたらしい。後頭部に大きな瘤《こぶ》ができていた。気を失って記憶が飛んでいるので、脳震盪《のうしんとう》を起こしたのだろう。

「平気ですよ。氷で冷やしましたから。襲われたことは覚えていませんが」

岡田は頭を掻いて笑った。

「それは幸運だった。正直言って心底恐ろしかった。爺《じい》さんの顔が頭に浮かばなかったら、逃げ出していたよ」

柊真は首を横に振った。生まれて初めて恐怖を味わった。背中を見せて逃げ出したい衝動に駆られたほどだ。もっとも背中を見せた途端、殺されていただろう。

「明日、本当に帰っちゃうんですか？」

岡田は部屋の出入口として使っているサッシを開けると、靴箱からサンダルを出して置いた。さすがにタクティカルブーツの紐《ひも》を結ぶ気力はないので、サンダルを借りたのだ。

「予定通り行動するつもりだ。藤堂さんのところでもゆっくりできるからな。それにこの村は居心地がいい。これ以上長居すると、帰りたくなくなる」

柊真は笑みを浮かべて言った。浩志には今月の八日か九日に邪魔すると伝えてある。

「そう言っていただけるのはありがたいですが」

岡田は靴を履きながら溜息《ためいき》を吐《つ》いた。

「経験したことのない特別な休養になった。今度は、他の仲間も誘って温泉に浸《つ》かってゆっくりするのもいいかもしれないな」

柊真はサンダルを履いてゆっくり歩いた。傷は痛むが歩けないほどではない。

「タフですね」

岡田は柊真が普通に歩いているのを見て目を丸くしている。

「それだけは売りだな」

柊真は笑って顔を顰めた。腹筋を使うと怪我に障《さわ》るのだ。

「車で行きましょう」

岡田は家の横に置いてある車を指差した。

「ここから近いだろう。笑われるぞ」

柊真は家の前の坂道に向かった。

「無茶しないでくださいよ」

岡田が柊真の前に割り込むように入って坂道を歩き出した。柊真が転んだら身を挺《てい》して支えるつもりなのだろう。

「優斗。おまえは俺に気を遣いすぎるんだ」

柊真は咎《とが》めるように言った。

「私は二度も命を救われたんですよ。気を遣うのは当たり前でしょう」

岡田は不服そうに言った。

「目の前に困っている人がいれば助ける。それがケルベロスの基本概念だ。恩義に感じる必要はないよ」

柊真は笑いながら答えた。

「しかし、どうやったら……」

頭を両手で掻きむしった岡田は首を横に振った。「どうやったら」の続きは、柊真の恩に報《むく》いることができるのかということだろう。

「大事なことを忘れていないか？」

柊真は真剣な表情で尋ねた。

「大事なこと……」

立ち止まって岡田は振り返り、首を傾げた。

「俺たちは無二の親友だ。真の友人に貸し借りはないだろう」

柊真は晴れやかに笑った。互いに命を預け合う仲間は友人であり、家族である。

「……はい」

岡田は肩を震わせて返事をした。右手で目頭《めがしら》を押さえている。

「うまい酒を飲みに行こうか」

柊真は岡田の肩を叩《たた》いて坂を下った。

機内の六人

1

六月八日、午後一時五十分。

渋谷《しぶや》区松濤《しょうとう》に、ベッド数が二十の私設の森本《もりもと》病院がある。高級住宅街の一角ということもあるが、救急外来を受け付けていないためひっそりとしている。

表向きは紹介状がないと診察を受けられない一般の病院と同じだが、ここでは民間人の治療は行っていない。

柊真は上半身裸で、一階の診察室の椅子《いす》に座っていた。

こまち16号で秋田から戻り、どこにも立ち寄らずにここに来た。浅野が田沢湖駅まで送ってくれたのだ。

「お待たせしました。院長の森本敏志《さとし》です」

スライドドアが開き、白衣の医師が現れた。年齢は五十前後という印象だ。

「初めまして」

挨拶《あいさつ》をした柊真は、首を傾《かし》げた。浩志から院長は森本克之《かつゆき》という名で、七十代と聞いていたのだ。彼の息子かもしれない。

森本病院は防衛省の外部組織で、陸海自衛隊の特殊部隊に所属する隊員の傷病治療及び健康管理を任務としている。実態は非公開のため、外部の人間がこの施設の世話になることは基本的にはない。だが、同じく防衛省の特務機関であった傭兵代理店の紹介があれば、自衛隊員でなくても利用できるのだ。

傭兵代理店は海外では軍事会社として登録してあるケースが多く、企業として成り立っている。だが、傭兵を派遣し、武器弾薬も現地で供給するという性格上、日本では設立できない。

海外の傭兵代理店間には世界的なネットワークがあり、軍事的な情報もやりとりされている。そのため、防衛省は二十年ほど前に情報本部に所属していた池谷悟郎《いけたにごろう》に、密《ひそ》かに日本版傭兵代理店を作らせたのだ。現在は独立しているが、特務機関として政府要人や防衛省との繋《つな》がりを維持していた。

柊真は秋田での熊狩りで怪我を負い、自分で応急処置を行っている。武部隼人《たけべはやと》という名前の偽造パスポートで帰国しており、保険証もないため地元の病院では治療を受けなかった。だが、負傷したことを聞きつけた傭兵代理店の社長の池谷が、この病院を紹介してくれたのだ。

柊真は心配をかけまいと連絡していなかったが、浅野と岡田も柊真の勧めで傭兵代理店に登録していたため、生真面目《きまじめ》な浅野が報告したのだ。

「……それにしても、これって配管用のテープじゃないですか?」

森本は柊真の腹部に巻き付けてある防水テープを見て唖然《あぜん》としている。

「傷の手当てとか、銃のグリップに貼り付けるとか武器の修理にも役に立つんです」

柊真は自分で防水テープを剝《は》がしながら答えた。

「武器と人間は違うと思いますが。……なるほど。あなたは藤堂さんの愛弟子《まなでし》だと、前任の克之さんから伺《うかが》っております」

森本は呆《あき》れながらも防水テープを剝がしはじめた。あらためて傭兵は自衛隊員とは違うと認識したらしい。

「前任者? 親族ではないのですか?」

柊真は「前任」というよそよそしい言葉に違和感を覚えた。

「池谷さんから聞いていないのですね。もっとも克之さんは五年も前に退官されているので、池谷さんは失念されていたのでしょう。院長の『森本』はコードネームなんです。ひょっとすると藤堂さんも、克之さんが退官したことをご存じないかもしれませんね。私は藤堂さんの武勇伝を聞いたことがあるだけで、直接お会いしたことはありませんが」

森本は苦笑しながら、防水テープの下から現れた滅菌ガーゼを剝がし、傷口にライトを当てた。彼は森本と名乗っているが、本名は違うらしい。

「私と一緒で医者嫌いですから……あっ、失礼」

柊真は快活に笑った。

「えっ！　これって医療用のステープラーではないですよね。傷口をホッチキスで留めたんですか？　なんて、無茶なことを」

森本は傷口を見て声を荒らげると、内線電話で「オペの準備」と誰かに伝えた。

「製本にも使える大型のステープラーです。ちゃんと消毒しましたから、大丈夫ですよ」

柊真は頭を掻《か》いて苦笑を浮かべた。

「オペ室に移動します」

森本の声は不機嫌なままだ。医者は戦場仕込みの緊急医療を好まないようだ。

「分かりました」

柊真は溜息《ためいき》を押し殺して立ち上がった。ある程度予測していたことである。

「ちょっと待って。車椅子で移動しますから」

森本は右手を振って険《けわ》しい表情になった。

「ここまで歩いてきたんですから、大丈夫です。案内してください」

柊真は森本を無視して廊下に出た。

「しょうがない人ですね。こちらへ」

森本は憮然《ぶぜん》とした面持《おもも》ちで廊下の奥へと進んで行く。

「先に行って準備します」

白衣を来た若い男女が二人を追い抜いて走り去った。

森本は廊下の突き当たりにある両開きのドアを抜け、その先にあるドアも開けて手術室に入る。

「手術台に仰向《あおむ》けに寝てください」

森本はそう言うと、手術室を出て行った。準備室で手術着に着替えるのだろう。廊下を走って行った若い医師と看護師は、手術着を着て手術台の傍《そば》に控えている。

柊真は溜息を漏《も》らし、手術台に仰向けになった。診察室で縫合するものと、簡単に考えていたのだ。

「難しい手術ではありませんが、念のためですから。ご自身が思っているより、酷《ひど》い怪我《けが》ですよ。これは」

若い医師は、柊真の両腕を柔らかい布で手術台に縛り付けた。

「そうですか」

柊真はちらりと手首の拘束を見た。柊真の全身凶器のような体格を見たら、安全策を取るのは仕方がないことだろう。

「熊による怪我は初めて見ましたが、ステープラーというのも……」

看護師が傷痕《きずあと》を見て絶句している。

熊の爪《つめ》は五本あるので、傷痕も五つあると思われがちだが、熊の前足の鋭い鉤爪《かぎ》は真ん中の三本指が長く、他の二本は短い。

柊真は熊の攻撃を咄嗟《とっさ》に避《よ》けたので、先端の三つの爪で引っかかれただけで済んだのだ。もし、五本の爪で引っ掻かれていたら肉ごと削《そ》ぎ落とされていただろう。熊の攻撃は交通事故に匹敵すると言われるほど、凄《すさ》まじいのだ。

「それでは、異物の摘出と縫合手術を行います。灰田《はいだ》くん、局所麻酔を」

一分ほどで森本は手術室に戻ってくると、鉗子《かんし》を手に取った。異物とはステープラーの針のことだろう。灰田は用意していた注射器を患部周辺に打った。

「傷口の深さは一〇ミリ前後あるが、一部はもう癒合《ゆごう》している。驚いたなあ。回復力が常人離れしている」

森本はステープラーの針を取り除きながら首を振った。同時に灰田は傷口を洗い流している。その作業は昨夜、柊真自身も焼酎で行っていた。

柊真は天井を見つめて手術をやり過ごした。局所麻酔を打たれているが、縫合の際にちくちくと痛む。だが、これまで戦場で負った傷に比べれば、蚊に刺された程度である。手術は三十分も掛からなかった。その程度の手術だったということである。

「個室を用意しておきましたので、二、三日安静にしていてください」

手術を終えた森本は、手術着を脱《ぬ》ぎながら言った。

「すみません。それは無理です。明日、日本を発《た》ちます。それに今日は知人と飲みに行く約束をしているんですよ」

柊真はTシャツを着ながら答えた。

「なっ。酒は駄目、絶対駄目！ 熊の爪で腹を裂かれたんですよ。今日から五日間は抗生物質を飲んで、運動も禁止です」

森本は顔を真っ赤にして怒った。同じような経験は何度もしている。だが、負傷して収容された病院で大人しく入院生活を送ったためしはない。

「冗談ですよ。お言葉に甘えて、夕方まで個室で休ませてもらいます」

柊真は両手を振って笑った。

2

六月九日、午後十一時十分。

柊真は羽田《はねだ》空港の出発ゲート近くの椅子に座って、フランス語のペーパーバックを読んでいた。

フランス人作家エルヴェ・ル・テリエの『アノマリー』という小説で、邦題は『異常』である。二〇二〇年のフランス文学最高峰のゴンクール賞受賞作で、気になっていたが紛争地に長くいたために読むことができなかったのだ。

パリで購入し、帰国便で途中まで読んでいた。航空機の奇妙な事件にまつわるSF小説だが、文学的にも高い評価を得ている。冒頭は登場人物が多いので戸惑ったが、ウィットに富んだ文章で読み進むうちにのめり込んでいった。

昨夜は、渋谷文化村に程近いスナック〝ミスティック〟で、任務で知り合った朝倉俊《あさくらしゅん》暉《き》と飲んだ。森本病院で夕方まで安静にしていたのは、ミスティックまで徒歩数分と近いためである。そもそも代理店の紹介を受けて怪我の治療をしたのも、ミスティックに行くついでの時間潰《つぶ》しだったと言っても過言ではない。

ミスティックのオーナーは浩志の妻である森美香で、浩志をはじめとするリベンジャーズの仲間の溜《た》まり場にもなっていた。柊真は浩志だけでなく、美香にも世話になっているので、帰国した際は挨拶がてら飲みに行くのだ。

朝倉は警察庁と防衛省中央警務隊の混合捜査チーム〝特別強行捜査局〟、通称〝特捜局〟の特別捜査官であり、副局長も兼任していた。警視庁の警視正と陸上自衛隊三等陸佐の二つの役職を同時に併せ持つ、日本で唯一の存在でもある。

特捜局は防衛省絡み、あるいは防衛省の警務隊が扱えない民間の事件に対処できる特殊な捜査機関であった。ところが、昨年、中国の特殊工作機関がマスコミに流した偽の特捜局の醜聞により、組織は存亡の危機に陥《おちい》っている。マスコミだけでなく一部野党議員も裏も取らずに一斉に政府を攻撃したのだ。

苦慮した政府は、朝倉を第四十四次派遣海賊対処行動水上部隊に参加させて護衛艦しおなみに乗船することを命じた。いわゆるソマリアの海賊対策という任務であるが、政府は単純に朝倉を日本から遠ざけたかっただけである。

だが、不運なことに朝倉はジブチに上陸した際に中国の諜報機関である〝紅軍工作部〟によって拉致《らち》され、昆明《クンミン》級駆逐艦によって連れ去られた。それでも朝倉は持ち前の頭脳と体力で、中国兵に扮《ふん》してアデン湾を航行中の駆逐艦から脱出した。だが、追手を振り切ったもののイエメンの海上警備隊に不審な中国兵として逮捕され、アデンにある留置場に投獄されてしまう。

その情報を入手した公安調査庁の元諜報員で、現在はフリーランスの諜報員として活動している影山夏樹《かげやまなつき》は、柊真に救出の協力要請をしたのだ。彼は〝冷たい狂犬〟というコードネームで知られ、かつて中国や北朝鮮の諜報機関から恐れられた凄腕《すごうで》の諜報員である。

夏樹は朝倉と何度も特殊な任務をこなし、友人とも言える存在だった。柊真は朝倉とは面識がなかったものの、夏樹とは普段から付き合いがあったので二つ返事で任務を引き受けている。

朝倉救出のため、柊真はケルベロスのメンバーと任務地だった西アフリカ・ニジェールを離れ、カイロ国際空港で夏樹と合流した。夏樹と周到な脱出計画を立てた上でアデンに乗り込み、朝倉救出に成功している。負傷していた朝倉とはジブチの救急病院で別れたままだったが、彼からお礼を兼ねてミスティックで奢《おご》ると言われていたのだ。

柊真は酒にはめっぽう強いが、朝倉も同じく底なしだった。午後六時から閉店の零時まで二人ともウィスキーのロックを水のように飲み、ボトルを数本空《から》にしている。酔い潰れることはなかったが、未《いま》だに酒臭いことは自分でも分かるほどだ。

朝倉とは年齢こそ違うが、一晩で無二の親友になった。彼はどこか浩志と通じるものがあり、互いに波長が合ったのだ。

朝倉とは飲みながら互いの情報交換をしている。彼はウクライナ情勢を非常に気にしており、仕事柄ウクライナに行けないのが残念な様子だった。朝倉からこの数年の特捜局の活動を聞く中で、中国の極秘情報機関である〝紅軍工作部〟の動きに注意するよう言われている。

ロシアによるウクライナ侵略作戦で世界の目はロシアの暴挙に向いているが、警戒すべきはむしろ中国だというのだ。前回の拉致事件は、〝オメガ〟と名付けられたＡＩが犯行計画を立てていた可能性があるらしい。

ＡＩは世界各国で研究が進められ、様々な分野での貢献が期待されている。その中で中国は軍事目的でＡＩを研究しており、オメガは謀略に特化した試作品ではないかと朝倉は睨《にら》んでいるのだ。

――二十三時五十分発、クアラルンプール国際空港行アジアン航空８５１便をお待ちのお客様にお知らせします。只今《ただいま》より……。

搭乗案内のアナウンスが流れてきた。

「さて」

柊真は本を閉じると立ち上がり、列をなす搭乗客をしばらく眺めた。列に並ぶ乗客が少なくなるのを確認し、最後尾に並んだ。同じ便にどういう乗客が乗るのか、一通り観察するためである。

「お客様。申し訳ございませんが、エラーになってしまいます。恐れ入りますが、チェックインカウンターに問い合わせますので、お待ちいただけますか？」

入場ゲートの女性職員が申し訳なさそうに言った。順番が来て、航空券を認証機に翳《かざ》したもののアラートが鳴るのだ。

「チェックインカウンターでボーディングパスを発行してもらったのですよ」

柊真は首を傾げた。搭乗券の手配は傭兵代理店に頼んであるので、間違いはないはずだからだ。代理店との契約により、サービスで出入国時の航空券を発行されるのだ。

柊真の名前はすでに海外の諜報機関や政府機関のリストに載っているため、傭兵代理店から支給された武部隼人名義の偽造パスポートで入国していた。すべての登録傭兵に適用されるものではなく、トリプルAの認証を受けた傭兵に限ってのサービスである。代理店は積極的に不正に手を染めているわけではなく、優《すぐ》れた傭兵の安全を図るために行っていることである。これまで代理店が発行した偽造パスポートで、出入国のトラブルが生じたことは一度もないらしい。

「搭乗ゲートでトラブりました」

柊真はすぐさま傭兵代理店に電話を掛けた。航空会社ではなく代理店で対処できるかもしれないからだ。

――すぐ調べます。

傭兵代理店のチーフエンジニアである土屋友恵が電話に出てくれた。彼女は天才的ハッカーであると同時に、代理店スタッフのまとめ役でもある。

「お客様。ただいまチェックインカウンターで調べたところ、入力ミスが判明しました。座席番号は変更になります。ご迷惑をお掛けしました」

一分ほどで、さきほどの職員が丁寧に搭乗口に案内してくれた。

「ありがとう」

柊真は安堵《あんど》の息を吐《つ》いた。

3

柊真はボーディングブリッジを渡り、アジアン航空機内に足を踏み入れた。

「武部様。お席にご案内します」

客室乗務員が柊真を見て笑顔で言った。遅れて入ったこともあるのだろうが、ゲートの職員から「プロレスラーのような大男」とでも柊真の特徴を聞いていたのだろう。客室乗務員は柊真の航空券を見ることなく、ビジネスクラスのプレミアムフラットベッド・シートに案内した。

851便の機体はエアバスA340を使用しており、ビジネスクラスは窓際《まどぎわ》、中央とも二列ずつ五段あるので三十席あり、柊真は五段目中央の右翼側通路のシートである。

「えっ。いいんですか」

柊真は驚きつつも、礼を言った。傭兵代理店からサービスとして支給される航空券はエコノミーで、それよりも上のクラスを望むのなら自腹と決まっているのだ。体が大きいのでどこの航空会社のエコノミー席でも窮屈な思いをするが、プレミアム席なら問題ない。

スマートフォンが振動した。

「……なるほど」

柊真は友恵から送られてきた暗号メールを開いてニヤリとした。閉じると、メモリからも自動的に消去されるという特殊なメールである。

柊真の航空券の座席がエラーになった原因は、オーバーブッキングしたせいらしい。柊真の席がアップグレードされたのは、謝罪のためではなく、単にエコノミーの席に空《あ》きがないからだそうだ。

航空会社は満席に近いほど利益が出る。オーバーブッキングは、満席にするためキャンセルを見越して多めに予約を受け付けた結果、発生するのだ。あくまでも航空会社の問題ではあるが、海外では振替を拒否した乗客が無理やり降ろされることもある。国内の航空会社では協力金を貰《もら》って振替便に変更するか、あるいはキャンセルするかのどちらかである。同じ便でグレードアップされるのなら、これほどラッキーなことはないだろう。

タイに本社を置くアジアン航空はＬＣＣで、他社よりもシート間隔が若干《じゃっかん》狭いが、サービスはいいと評判である。できるだけ長く日本にいたいと思っていたので、最終便を選んだらアジアン航空だったのだ。

柊真は読みかけの本を取り出したバックパックを、荷物入れに押し込んだ。荷物はこれだけで他に預けているものはない。地球の裏側に行くとしても荷物の量はほとんど変わらないのだ。

十数分後、旅客機は滑走路を飛び立った。

高度を上げた旅客機が水平飛行に移り、ベルトサインが消えた。

柊真は一瞬迷って本を閉じて立ち上がると、通路を後方に向かって歩き始める。本の続きを読みたい衝動を抑え、飛行機に乗った際のルーティンを行う。一種の儀式のようなものだ。

「お客様、どちらに？」

エコノミークラスとの仕切りのカーテンの手前に立っていた、タイ人と思われる客室乗務員に英語で聞かれた。胸元に〝パーミー〟と記された名札を付けている。

「最後尾のトイレに行くところです。私は閉所恐怖症で、たまに歩き回らないと気分が悪くなるんですよ」

柊真は苦笑し、流暢《りゅうちょう》な英語で答えた。

搭乗する際に乗客は観察しているが、乗客が席に着いたところで再び確認するのだ。人は離陸し、安定飛行に入った際に普段の顔を見せるものだ。

仕事柄、不審な人物というよりも敵意がある人物がいないか確認するようにしている。航空機の移動に限らないが、見知らぬ多数の乗客と長時間密室で同席させられるのである。不測の事態に備えるためにも必要なことだ。

これは浩志から教えられたことで、リベンジャーズでは常識となっている。ケルベロスの仲間にそれを言ったら、ハイジャックが起きてもいつでも対応できると苦笑された。冗談だと思ったようだ。

　この便のエコノミークラスは窓側二列、中央は四列で、尾翼近くは窓側二列、中央が二列となっている。

　トイレはビジネスクラスのすぐ後ろと、エコノミー席の中央、それに最後尾にあった。搭乗する便の機体の構造などを確認してから乗るのは、仕事柄当たり前と思っている。

「……そうなんですか。皆様、お休み中なのですぐにお戻りください」

　一瞬戸惑いを見せたが、すぐにパーミーは笑顔を浮かべた。

　これまで閉所恐怖症という理由で怪しまれたことはない。もっとも、狭い場所が実際苦手なことに気付いたのは最近になってからである。一昨年、ウクライナで鹵獲《ろかく》したロシア軍の戦車に乗り込んだ時、言いようのない息苦しさを感じたのだ。

　カーテンを潜《くぐ》った柊真は涼しい顔で右翼側の通路を進み、最後尾のトイレの前で折り返した。トイレ待ちの乗客がいたこともあるが、尿意はまだないのだ。帰りは左翼側の通路を通って席に戻った。

　直感的に怪しいと思ったのは六人だった。だからといって彼らをテロリストだと疑っているわけではない。どんな航空機にも怪しげな人物は一定数乗っているものだ。

「あれっ」

　柊真は座席に置いたはずの白い表紙のペーパーバックがないことに気付き、周囲を見回した。

「ブレイクはどうなるか、知っている?」

左隣りの席に座っているラテン系の女性が、柊真の本を右手にフランス語で悪戯《いたずら》っぽく尋ねてきた。ブレイクは『異常』に出てくる主要な登場人物の一人である。冒頭はプロの暗殺者である彼の、ハードボイルド調のセリフから始まるのだ。

「ブレイクのことは気になっていますが、まだ、最後まで読んでいないんですよ」

柊真は苦笑し、シートに腰を下ろした。高校を出てすぐに外人部隊に入隊して以来、男臭い世界で生きてきた。女性経験がないわけではないが、正直言って女性の扱いに慣れていないのは事実だ。そのため初対面の女性には馬鹿丁寧な言葉遣《づか》いになってしまう。

「私は四年前の発売と同時に買ったわよ。この小説は賞を獲《と》ると思っていたわ。結末を言いたいのに残念」

女性は親しげに言うと、身を乗り出して本を返して寄越した。ビジネスシートは中が覗《のぞ》き込まれないようにドーム状のカバーに覆われているような構造になっている。

「二年ほど、本も購入できない山奥で働いていたんですよ」

柊真は本を受け取りながら、冗談めかして答えた。

「二年も山奥に? 登山家とか? 旅行? それともプロレスか何かの興行?」

女性は、柊真を上から下までじろじろ見ながら矢継ぎ早に質問をしてきた。Tシャツから覗いている筋肉質な首や腕からして、一般的な会社勤めには見えないのだろう。

「プロレスの興行は笑える。それに『山奥』は例えですよ。普段はスポーツジムのトレーナーをしています。あなたはモデル？」

柊真はぎこちない笑顔で答えた。女性のスタイルの良さは座っていても分かる。それに美人だ。服装も垢抜《あかぬ》けている。

「スポーツジムのトレーナーなら納得ね。私は外科医よ」

女性は肩を竦《すく》めた。女性に対して外見を褒めると、かえってセクハラになる可能性もある。今の世の中、言動には充分注意しなければならないのだ。

経営しているパリ郊外の射撃場デュ・クラージュは、狙撃の名手で〝ブレット〟のコールサインを使っているセルジオ・コルデロ、爆弾のプロで〝ジガンテ〟というコールサインのフェルナンド・ベラルタ、ヘリコプターやジェット機などの航空機の操縦資格を持つ〝ヘリオス〟のコールサインを持つマット・マギーらとで共同経営している。

四人とも射撃場のインストラクターをし、時間があれば自分の射撃訓練を行う。傭兵にとってこれほど最適な職業もない。デュ・クラージュは会員になれば、インストラクターを指名することができるシステムだが、柊真は四人の中でもっとも女性客から人気がある。なぜか、モテるのだ。

「失礼。服装のセンスがいいので、てっきりファッション関係かと」

柊真は頭を掻いて言い繕《つくろ》った。

「口がうまいのね。フランス人みたいだけど、どこの国の人？　あなたは本当にスポーツジムのトレーナー？　まあ、いいわ。私はマリア・ヘルナンデス。スペイン生まれで、今はパリに住んでいるの」

マリアは右手を伸ばした。

「ハヤト・タケベ、日本人です」

柊真はマリアと握手をした。

4

六月十日、午前一時五十分。

アジアン航空851便は鹿児島沖上空を飛んでいる。

隣席のマリアと一時間ほど世間話をした。柊真は彼女の言葉に耳を傾け、聞き役に終始した。女性に不慣れということもあるが、彼女は世界中を旅しているらしく、話が面白かったのだ。

午前一時を過ぎてマリアは眠くなったらしく、「おやすみ」と言ってシートをフラットにした。出発が午前零時近かったため、ほとんどの乗客は離陸直後から睡眠状態にある。

柊真は眠りにつけそうにないため小説の続きを読もうとしたが、プレミアムシートの照明がうまく調節できず諦《あきら》めた。

昨夜は深酒をしてしまったので中目黒の実家を昼前に出て、羽田空港の第三ターミナルに併設されているホテルでショートステイした。実家で長居をすれば祖父から稽古《けいこ》をつけられるために、早く出たのだ。脇腹の怪我のことは、心配を掛けるからというよりも馬鹿にされそうで言わなかった。あの場合、妙仁なら冷静に対応して怪我をすることはなかっただろう。

ホテルでシャワーを浴びてベッドで四時間ほど仮眠した。たっぷりと睡眠をとったので、頭が冴《さ》えているのだ。

柊真は腕時計を見るとシートから離れた。到着まで少なくとも四時間ほどある。このまま天井を見つめていても眠りにつくことはできないだろう。少し運動してから機内のWi-Fiサービスを利用するのもいいだろう。

アジアン航空では機内で会員登録をし、別途料金を払うことで機内Wi-Fiサービスを受けられる。プランによってSNSだけでなく、インターネットの閲覧や音楽、動画視聴もできるのだ。

「何かお飲み物をお持ちしましょうか？」

パーミーが客室乗務員用の席から立ち上がった。彼女はビジネスエリアの担当のようだ。若く見えるが、客室乗務員のリーダーなのかもしれない。

「後でコーヒーを貰えますか？　トイレに行ってきます」

柊真は笑《え》みを浮かべて答えると、通路を奥へと進んだ。エコノミークラスにある中央のトイレの脇を通る。この場所だけトイレが四つある。そのまま最後尾に向かう。

「……？」

柊真は眉《まゆ》をぴくりと動かした。すれ違った直後に音を立てずに背後に立った男がいるのだ。柊真は振り返りもせずに通路を進み、最後尾にある右翼側のトイレの前で立ち止まった。背後の男は二メートル後方にいる。気配を消しているので只者ではないだろう。

「使用中か」

柊真はわざと日本語で声を出し、振り返った。

夏物のジャケットを着た東南アジア系の男が立っている。目付きが鋭く、柊真が怪しいと思った六人の男のうちの一人だ。身長は一七八センチほど、鍛え上げているのか太い首をしている。

「失礼」

柊真は男の脇をすり抜け、真ん中のトイレを確認した。だが、ここも使用中である。

男は柊真と目が合うと、肩を竦めてみせた。すぐさま左翼側のトイレも調べたが、ここも使用中である。

「仕方がない。中央のトイレに行くか」

柊真は独り言のように呟《つぶや》いた。三つとも使用中というのは、深夜にしては珍しいことである。

「英語は話せますか？」

男は柊真の前に立ち塞《ふさ》がるように立って尋ねた。

「大丈夫ですよ」

柊真は穏やかな口調で答え、体の力を抜いた。どんな攻撃にも対処できる自然体に構えたのだ。

「あなたはビジネスクラスですよね。どうして、最後尾のトイレを使われるのですか？

二時間ほど前もそうしていたようですが」

男は怪訝《けげん》な表情を浮かべながら、少し訛《なま》りのある英語で言った。柊真を監視していたらしいが、怪しいのはむしろ自分だと言っているようなものだ。

「閉所恐怖症で落ち着かないんですよ。飛行機って横幅が狭いでしょう？　だから空間を感じられるように機内を前後に歩くんです。問題ありますか？」

柊真はあえて苛立《いらだ》った様子で言い返した。

「あなたが？」

男は柊真を上から下に睨《ね》め回した。こんな形《なり》をして閉所恐怖症はありえないとでも言いたいのだろう。

「心は鍛えられませんから」

柊真は肩を竦めた。

「……なるほど」

男はゆっくりと頷《うなず》いた。

「行ってもいいかな？」

柊真は一歩前に出て男を見下ろした。

「どうぞ」

男は視線を外して横に退いた。

柊真は男の脇をすり抜けて振り返り、男の右臀部《でんぶ》の膨らみを見て小さく頷く。ヒップホルスターに小型の銃を収め、ジャケットで隠しているのだ。

タイ国家警察には航空警察部がある。彼は、日本では〝航空機警乗警察官〟と呼ばれるスカイマーシャルなのだろう。荷物検査を受けずに搭乗したに違いない。万が一、犯罪者が荷物検査をすり抜けたのなら銃はバッグに隠すはずだ。ハイジャックするのなら別だが、身につける必要はない。柊真の行動を怪しんで尋問したのだろう。

「使っているのはフランジブル弾ですか？」

柊真は男にさりげなく尋ねた。フランジブル弾の弾頭は、壁など硬い物に当たれば砕けるため殺傷能力は低い。スカイマーシャルは機内で発砲する場合などを想定し、機体の損傷を防ぐために使用する。

「えっ！」

男は両眼を見開いた。どうやら航空テロリストではなさそうだ。

「せいぜい頑張ってください」

鼻先で笑った柊真は、通路を戻った。

5

午前二時五分。

柊真は自席でコーヒーを飲みながら、小説を読んでいた。

コーヒーをサービスしてくれた客室乗務員のパーミーが、読書灯の調整をしてくれたのだ。ちょっとしたコツがあるらしく、快適な明るさになっている。

『異常』は、SF小説にもかかわらずゴンクール賞を受賞したので、どんな作品か興味があった。設定は非現実的だが、SF小説としては類似したストーリーの作品はこれまでにもある。だが、この作品は超常現象にスポットを当てるのではなく、それに関わった人々の人間模様をうまく描き出していた。

柊真は作品にのめり込み、別の通路を客室乗務員と二人の男が通り過ぎるのを見過ごした。なんとなく気配は感じていたのだが、前方にあるギャレーに用事があるのかと勝手に解釈したのだ。

破裂音。

「何!」

柊真は本を閉じて通路から前方を見た。銃声ではなく、小さな爆発音である。慌てて立ち上がるようなヘマはしない。コックピット側から煙が上がっている。

「なんだ!」

「何が起こったんだ!」

目を覚ました乗客が騒ぎ始めた。

「騒ぐな。大人しくしろ! この飛行機は俺たちの物。勝手な行動を取る人間、撃ち殺す!」

前方から客室乗務員を盾にした男が、ハンドガンを乗務員の首筋に当てて下手な英語で怒鳴《どな》っている。さきほどの破裂音は、コックピットの電子ロックを爆薬で破壊した音なのだろう。人質を取っている男とは別に、コックピットを制圧した犯人もいるはずだ。

「この機体は我々が乗っ取った!」

後方のエコノミークラスからも怒鳴り声が聞こえ、乗客を黙らせた。ハイジャック犯は複数いるということだ。

「くそっ」

柊真は舌打ちをした。本に夢中になり、傍を通り過ぎた犯人を見過ごしたのだ。油断していなければ、少なくともコックピット制圧を阻止し、ハイジャック犯の初動を挫《くじ》くことができただろう。

「この袋、乗客のスマートフォンを回収しろ」

犯人は銃を向けていた客室乗務員に黒い布袋を渡した。同じセリフがエコノミークラスからも聞こえる。とりあえず全乗客から通信手段を奪おうというのだろう。Ｗｉ－Ｆｉサービスを受けられなくすることで、完全に外部と遮断することができる。それに、スマートフォンで隠し撮りされることを避けたい狙いもあるのだろう。

「客室乗務員がスマートフォンを回収する。必ず、袋の中、入れろ！」

犯人は客室乗務員の背中を押し、前方の壁を背にして銃を構えている。銃は掌《てのひら》に収まるようなコンパクトサイズだ。グリップが見えないので判別できないが、グロック26やＰ365よりも銃身が僅《わず》かに細く見えるのでＳ＆Ｗ　Ｍ＆Ｐシールドかもしれない。どの銃も9ミリパラベラム弾を使用する。機体に当たれば、重大な航空障害を引き起こす可能性もあるだろう。

「スマートフォン、袋に入れる前に高く上げる。俺が確認したら袋の中に、落とす。絶対袋の中に手をいれない。誤魔化《ごまか》す、ありえない」

犯人は最初の乗客に命じ、銃口を向けた。隙《すき》がなく、かなり訓練されているようだ。

「はっ、はい」

袋に自分のスマートフォンを入れようとした乗客は、慌ててスマートフォンを高く掲《かか》げてから袋の中に落とした。

柊真は傭兵代理店から支給されたスマートフォンを靴下の内側に挟み込んだ。

「私たち、どうなっちゃうの？」

マリアは落ち着きのない様子で尋ねた。

「相手の要求に従っていれば問題ない。犯人を興奮させないことだ」

柊真は諭すように言った。犯人は四人から五人、ひょっとすると搭乗する際に怪しいと睨んだ男たちかもしれない。犯人の人数と配置、それに武器を確認しない限り、柊真としても身動きは取れないのだ。

外人部隊最強のGCP時代には、旅客機ハイジャックを想定した訓練を随分と受けてきた。だが、対処に当たる場合、最低でも四、五人のユニットが二チームは必要だ。ましてや、武器も携帯せず、乗客としてたった一人で乗り込むという想定などしたことはなかった。

エコノミークラスに銃を携帯したスカイマーシャルが乗っているようだが、彼も一人では何もできないだろう。イスラエルではハイジャックに備えて、多人数のスカイマーシャルを搭乗させているそうだ。

「スマートフォンをお願いします」

客室乗務員が袋を目の前に差し出した。

柊真は個人用のスマートフォンを高く掲げると、袋の上で手を離した。

「お客様もお願いします」

客室乗務員はすまなそうに袋をマリアの前に出した。

「後で返してくれるのかしら」

舌打ちをしたマリアは赤いスマートフォンを高く上げ、袋の中に落とした。

「おまえたち、よく聞け。おとなしくしていれば、二十四時間後、解放する。だが、逆らえば容赦《ようしゃ》なく撃ち殺す」

男は銃口を乗客に次々と向け、薄笑いを浮かべた。

「二十四時間？　どこかに着陸するっていうこと？」

マリアは小声で言った。

「この飛行機は、クアラルンプールまでの燃料を積んでいる。あと四〇〇〇キロは余裕で飛べるだろう」

柊真は足首に隠したスマートフォンの側面のボタンを二度押してから長押しし、緊急信号を発した。

6

午前二時十分。市谷《いちがや》、傭兵代理店。

防衛省の北門に程近いマンション〝パーチェ加賀町《かがちよう》〟の地下二階に、傭兵代理店の本部はあった。

この時間に働いているのは、夜勤の中條修《なかじようおさむ》だけである。

二〇〇六年、防衛庁の情報本部の職員だった池谷は幕僚長から極秘の指令を受けて退職した。その後、下北沢《しもきたざわ》にある実家の質屋〝丸池屋《まるいけや》〟を継ぎ、裏家業として傭兵代理店を開業する。その際、陸上自衛隊第一空挺《くうてい》団の自衛官だった瀬川里見《せがわさとみ》と黒川章《くろかわあきら》と名取隆介《なとりりゆうすけ》の三人が傭兵代理店に出向し、スタッフ兼傭兵として働くことになる。

二〇〇七年、傭兵代理店は武装集団に襲撃され、名取が死亡している。翌年、中條は名取の交代要員として、代理店に出向した。

黒川は十年近く前に任務中に凶弾を受けて死亡し、中條は膝《ひざ》の故障で任務遂行が不可能となり、代理店の専属スタッフになっている。

瀬川は現在もリベンジャーズのメンバーであり、臨時のスタッフとして勤務することもあるが、基本は傭兵として独立した立場にある。また、狙撃のスペシャリストで〝針の穴〟と呼ばれる宮坂大伍《みやさかだいご》と、追跡と潜入のプロで〝トレーサーマン〟というコールサインを持つ加藤豪二《かとうごうじ》の三人で、練馬《ねりま》に自動車の修理工場を経営していた。

スタッフは代理店創設時から働いている友恵と、防衛省の情報本部から出向し、その後正式なスタッフとなった岩渕麻衣《いわぶちまい》と彼女の後輩である白川仁美《しらかわひとみ》の四人である。

彼らの席は〝作戦司令室〟と呼ばれるスタッフルームにあるが、緊急時には必要に応じて外部に応援を要請するため、一六名分ものデスクが余分に設置されている。

また、スタッフルームの奥の壁には一〇〇インチのメインディスプレーを中心に、複数の四〇インチのディスプレーが設置してあった。日中は、世界中のニュースを映しているが、夜間は〝TC2I〟が表示されているモニター以外の電源は切られている。

〝TC2I〟は友恵が米軍の〝C4I〟システムを参考に開発した戦略プログラムで、「タクティカル・コマンド・コミュニケーション・インテリジェンス」システムの略である。

米軍の〝C4I〟システムは、「コマンド・コントロール・コミュニケーション・コンピュータ・インテリジェンス」システムの略で、四つのCを意味している。ドローンや軍事衛星などの情報を元に作戦を計画・指揮・統制し、それらを部隊に伝達するシステムで、米軍の特殊部隊で実用化されていた。

のだ。

「うん？」

中條は目を擦《こす》って首を傾げた。自席のモニターに赤い文字のアラートが突然表示された

「〝TC2I〟だと？　大変だ！」

中條はアラートマークをクリックし、声を上げた。赤いアラートの文字の下に〝From SYUMA〟と記されている。柊真に支給したスマートフォンからのSOS信号なのだ。

傭兵が個人でSOS信号を発するのは、負傷してメールや電話も掛けられない場合に限られている。

〝TC2I〟が戦略システムとして優れているのは、世界中を監視可能な点である。普段は各国の使われなくなった軍事衛星を自動的にハッキングすることで監視を行い、飛行機事故や大規模な爆発などを検知すると、傭兵代理店のスタッフにアラートを送る。

だが、ロシアのウクライナ侵略でアラートが頻発するために中條の反応が遅れたのだ。

スタッフルームのドアが開き、友恵、麻衣、仁美の順に現れた。緊急性が高いアラートはスタッフ個人のスマートフォンにも送られるようになっている。

五階建ての〝パーチェ加賀町〟の最上階に池谷と友恵の部屋があり、四階に中條と麻衣と仁美の部屋があった。三階と二階には、登録している傭兵や防衛省の関係者がいつでも宿泊できるように部屋が用意されている。

「柊真さんは、アジアン航空851便に乗っているはず。麻衣と仁美は、日本を含め、周辺国の航空管制が異常を察知しているか調べて。中條さんは、登録傭兵の現状を調べてください」

友恵は席に着く前に他のスタッフに指示を出した。

「リベンジャーズの位置情報は、確認済みです。〝TC2I〟をメインディスプレーに表示します」

中條は一〇〇インチディスプレーに〝TC2I〟を映し出した。851便の機影が東シナ海上空にある。リベンジャーズのメンバーの位置情報も表示されており、浩志とワットとマリアノを除いてすべて日本国内で確認できた。

「851便は今のところ空路から外れていませんね。私は柊真さんのスマートフォンを使って、状況を調べてみます」

友恵は自席に座り、メインモニターのカメラに顔を向けてからキーボードをタッチした。彼女のデスクに設置してある六台のモニターが同時に立ち上がる。

代理店では友恵が製作した〝ガラハッド〟と呼んでいるスーパーコンピュータが、会社の監視カメラやドアロックから、システムへのログインに至るまでセキュリティを管理していた。

〝ガラハッド〟は友恵らの会話から声紋認証をし、デスクのモニターに付いているカメラで顔認証をする。

ドアが開き、池谷がスタッフルームに現れた。慌てて着替えたのか、シャツのボタンがずれ、禿《は》げ上がった頭に眼鏡《めがね》を載せている。

「柊真さんのモバイルルーターを介して、彼のスマートフォンをコントロールできる状態になりました」

友恵は振り返ることなく池谷に報告した。

「現状は、どうなっているんです」

池谷は心配に尋ねた。

「柊真さんのスマートフォンを介して機内のＷｉ－Ｆｉから電子制御装置に侵入しています。ただ、空路から外れていないということは、機体の問題ではないのかもしれませんね」

友恵はキーボードを叩《たた》きながら答えた。

「計器は正常に作動しています。機体に異常はないようです」

数分後、友恵は自席のメインモニターに映し出された、８５１便の計器が示す様々な数値を見て言った。

「異常がない？」

池谷は怪訝そうな表情で聞き返した。柊真の緊急連絡は、誤動作かもしれないと疑っているのだろう。

「ハイジャックを疑ってもいいでしょう」

友恵は沈んだ声で答えた。

「なっ！」

池谷は激しく頭を振り、眼鏡を落とした。

機上の闘い

1

六月十日、午前二時十五分。アジアン航空851便。

柊真はコックピット前で仁王立ちしている犯人の一人を見つめながら、靴下の中に隠していたスマートフォンを取り出した。

犯人は抵抗する乗客がいないと確信したらしく、通路の壁にもたれて眠そうな顔をしている。欠伸《あくび》を繰り返しており、睡魔に襲われているようだ。犯行を実行するにあたり、緊張の連続でちゃんと睡眠が取れていないのだろう。

スマートフォンの待受画面を見ると、新たにメールが届いている。柊真はアジアン航空の機内Wi-Fiサービスを利用していないので、バックパックに入れてある衛星モバイルルーターが機能しているようだ。

柊真のＳＯＳ信号を受けて、傭兵代理店が動いている。友恵からのメールによると、日本をはじめ、中国や台湾の管制塔ではまだ８５１便の異常を察知していないそうだ。機体の異常も、空路の変更もないことから傭兵代理店は８５１便がハイジャックされたと判断したらしい。

柊真は「数人の武装犯にハイジャックされた」と暗号メールを送った。

メールの添付ファイルを見て、柊真は両眼を見開いた。８５１便に搭乗している二五五名の乗客名簿と七人の乗員の顔写真とプロフィール情報が載っているのだ。柊真が緊急信号を発信してから二十分も経《た》っていないが、さすがとしか言いようがない。

しかも、柊真の他にも六人の乗客が偽造パスポートを使用しているようだ。そのうちの五人がトルコ国籍の偽造パスポートで、残りの一人は台湾国籍のものらしい。トルコ国籍の中でもムハマドとザザイとタリブという名の三人が、顔認証でアフガニスタン人だと分かっている。

代理店では、三人とも過激派組織イスラム国（ＩＳＩＳ）のメンバーであることまで突き止めていた。おそらく残りの二人もＩＳＩＳで、トルコ国籍の偽造パスポートの五人が、ハイジャック犯と見て間違いないはずだ。この際、台湾国籍の偽造パスポートの男は無視してもいいだろう。

また乗客の中で、タイ人のスファナット・ムエアンタは、タイ国家警察航空警察部に所属していると記されていた。柊真をトイレ前で尋問してきた男である。傭兵代理店でも彼をスカイマーシャルだと睨《にら》んでいるらしい。

「うん？」

柊真は「空路から外れていない」という一文に首を傾《かし》げた。傭兵代理店は機体の異常がないため正常に飛んでいると捉《とら》えたようだ。だが、ハイジャック犯は、目的地を変更することが多い。そもそも、犯人は乗客に対してもハイジャックした事実だけを伝え、目的や要求は開示していない。彼らは寡黙《かもく》で、機内は静まり返っている。

前方にいる犯人が、ムハマドという男で、年齢は三十九歳。名前が分かっている三人は全員アフガニスタン東部の山岳地帯出身だそうだ。残りの二人のうちザザイは三十六歳で、もう一人のタリブは二十八歳らしい。名前がわからない二人は、いずれも二十代と見られ、ハイジャックを主導しているのはムハマドかザザイだろう。

「すみません」

柊真はスマートフォンを再び靴下の内側に挟み込むと、ムハマドに見えるように手を振った。

「どうした？」

ムハマドが不機嫌そうに聞いた。

「トイレに行かせてほしい。お願いだ」

柊真は最後に「プリーズ」を付けた。

「私も」

隣席のマリアも緊張した面持《おもも》ちで手を上げた。他の乗客は柊真と犯人を交互に見て成り行きを見守っている。

「我慢しろ！」

ムハマドは銃口を柊真に向けて言った。銃はやはりS&W　M&Pシールドである。

「これからどれだけ拘束するつもりなのか知らないが、もう限界だ。乗客を一人ずつトイレに行かせれば問題ない」

柊真は英語とパシュトー語で言った。ムハマドがアフガニスタンの東部出身ならパシュトー語の方が通じると思ったからだ。外人部隊時代にアフガニスタンに赴任していたので、日常会話程度なら話せる。柊真は耳がいいのか、外国語の習得にさほど苦労したことがない。

「おまえ、パシュトー語が話せるのか？　こっちに来い」

ムハマドがパシュトー語に反応した。

「何？　どうしたの？」

マリアが柊真とムハマドのやりとりを見て困惑している。

柊真は両手を上げて立ち上がると、ゆっくりと通路を進んだ。

「なんで俺がパシュトー語を話せると思った？」

ムハマドは柊真の眉間《みけん》に銃口を当てた。

「君の英語には独特なパシュトー語訛《なま》りがある。私は四年前までアフガニスタンで日本のNGOの下、協力隊として働いていた。日常会話程度ならパシュトー語ができる」

柊真は適当に誤魔化《ごまか》した。実際、アフガニスタン人特有の訛りというほどではないが、なんとなく聞き覚えのある話し方という感じではあったのだ。

「パシュトー語訛り？　米軍の基地で働いていたから、英語は問題ないと思っていたが、話しただけでバレるようじゃしょうがないな。よし、トイレに行っていいぞ。それから、おまえは俺たちに協力しろ」

ムハマドは銃を下ろして横に振った。隙《すき》だらけのため柊真なら指一本で気絶させられるだろう。だが、他の仲間の状況が摑《つか》めないため、まだ倒すことはできない。

「分かった。困った時は通訳として助けてやる。とりあえず、トイレについては客室乗務員から伝えさせた方がいいだろう」

柊真は近くの専用シートに座っていたパーミーを手招きして呼び、乗客に呼びかけるように伝えた。

「……でも」

パーミーはムハマドを見て戸惑っている。

「抵抗しなければ、彼らは決して撃たないから心配ないよ」

柊真はパーミーに笑顔で優しく言った。

「ビジネスクラスのお客様の中で、トイレに行きたい方はいらっしゃいますか？」

深呼吸したパーミーは、機内放送用の受話器を使わずに肉声で尋ねた。

マリアも含めて六人の乗客が手を上げた。

「乗客がトイレを使っている間、私の頭に銃を向けろ。人質になっていれば他の乗客も無茶なことをしないはずだ」

柊真は両手を上げてムハマドの前に背を向けて立った。

「いい度胸だ」

ムハマドは柊真のこめかみに銃口を突きつけた。

2

午前二時二十五分。

ビジネスクラスの六人の乗客がトイレを使用した後、柊真もトイレに入った。さほど尿意は感じていなかったが、これからが勝負だと思っているので先に済ませたのだ。それに、医師の森本から処方された抗生物質を飲む必要もあった。戦場では、些細な負傷から感染症で死亡するケースをたびたび見てきたので、馬鹿にできないのだ。

鏡に映った自分の顔を改めて見た。

「臆病《おくびょう》じゃないよな」

自分に言い聞かせた。秋田の山奥で遭遇した大熊に襲われ、人生で初めての恐怖を味わってから慎重になっているようだ。以前の柊真ならすぐに目の前のテロリストを叩《たた》きのめしていただろう。だが、あの「大恐怖」を味わってしまうと、自分が臆病でないとは言い切れないのだ。

「俺の話し相手になれ」

トイレから出ると、ムハマドがパシュトー語で話しかけてきた。

「いいだろう」

柊真はムハマドから一メートルほど距離を置いて立った。

「アフガニスタンではどこに住んでいた？」

ムハマドが銃を向けて尋ねてきた。柊真を信じていないのだろう。質問することで素《す》性《じょう》を探《さぐ》ろうとしているに違いない。

「カブールに事務所があった。ホテルに泊まることもあったが、灌漑《かんがい》用水路の改修のためにクナール州のアサダーバードにも行ったことがある」

柊真は言葉を選んで答えた。日本の国際協力機構（ＪＩＣＡ）がクナール州の灌漑用水路事業をしていることは知っていた。クナール州には米軍基地があったため、外人部隊時代に何度か行ったことがある。アサダーバードは大きな街なので、実際に宿泊したこともあるのだ。

　アフガニスタンは一九九九年ごろから始まった空前の旱魃《かんばつ》で穀倉地帯が砂漠化し、難民が大量に発生した。灌漑用水路事業は、二〇〇三年に中村哲《なかむらてつ》医師とピース・ジャパン・メディカル・サービス（ＰＭＳ）によって始められた事業で、二万三八〇〇ヘクタールの不毛な乾燥地が緑の畑として蘇《よみがえ》った。周辺の六五万人以上の人々が、その恩恵を受けたと言われる。

　残念ながら中村医師は、二〇一九年にナンガルハル州ジャララバードで身代金目当ての武装勢力、パキスタン・タリバン運動（ＴＴＰ）によって殺害された。アフガニスタン政府は中村医師の功績を称《たた》えていたが、現政権であるタリバンによってその記憶も消し去られている。

　クナール州と聞いて、ムハマドは両眼を見開いた。

「本当か？　それじゃ、ドクター・ナカムラを知っているのか？」

「直接会ったことはないが、知っている。日本人には彼の遺志を引き継いでいる者が多くいるんだ」

　柊真は傭兵ではあるが、中村医師の言葉を重く受け止めていた。彼はアフガニスタンを救うのは「武器ではなく、農機具」だと力説し、自ら実践していたからだ。それが正しく、理想であると柊真も思っている。だが、軍人である柊真は、偏狭で好戦的なイスラム原理主義者であるタリバンには、武力で対峙《たいじ》するほかなかった。

「俺の実家はクナール州バブーの外れにある貧乏農家だ。子供の頃、父親とジャララバードに行った時にドクター・ナカムラを見たことがある。粗末な格好でアフガニスタン人と一緒に働いていた。父親から偉大な人だと教わった。亡くなって本当に残念だ」

ムハマドは何度も首を横に振ってみせた。バブーは、ジャララバードから五〇キロほど離れたクナール川上流の村で、米軍基地があった場所からは一〇キロも離れていない。詳しく聞かれると、ぼろが出る可能性があった。

「おまえはISISなのか？」

柊真は質問で切り返し、ムハマドの目を覗《のぞ》き込むように尋ねた。身長は一七五センチほどか、痩《や》せているので柊真より二回りも小さく見える。

「そんなところだ」

ムハマドはなぜか視線を逸らした。

「ISISなら犯行声明を出すはずだ。目的はなんだ？」

柊真は腕を組んで聞いた。

「目的？　台湾に着陸する。それだけだ」

ムハマドは開き直ったかのように答えた。

「台湾……。それは目的地だろう。犯行の目的はなんだ？　金か？　それとも政治的要求か？」

柊真は首を傾げた。851便の空路は、もともと台湾上空を抜けてクアラルンプールに向かう。空路に変更がないのは当たり前のことである。だが、何か引っ掛かるのだ。

「おまえに言う必要はない」

ムハマドは憮然《ぶぜん》とした顔で答えたが、柊真がさりげなく尋問していることにまだ気付いていないようだ。

「ハイジャックはおまえが指揮しているのか？」

柊真はコックピットをチラリと見て言った。

「そっ、そうだ」

ムハマドは目を泳がせた。柊真に呑《の》まれているようだ。

「仲間は、全部で五人か？」

柊真はムハマドの態度を見て、尋問口調になった。

「なんで知っているんだ？」

ムハマドの目が鋭くなった。

「俺はアフガニスタンの治安状態が悪い地域で何年も働いてきたから、見ただけでテロリストかどうか分かるんだ。見分けがつかなければ、死ぬのは自分だからな。搭乗前からおまえも含めて五人を怪しいと踏んでいたんだ」

柊真は鼻先で笑った。治安が悪いエリアでは、テロリストを見分ける嗅覚《きゅうかく》が己の生存率を高めることになる。

「そういうものか」

ムハマドは舌打ちをした。

「台湾に行くのなら、あと一時間ほどというところか。コックピットの仲間は、どう対処しているんだ？　台湾の管制塔に緊急着陸を要請したんだろうな？」

柊真はムハマドに迫った。ハイジャックだろうがなんだろうが着陸を管制塔に知らせなければ、他の民間機と衝突しかねない。

問題がなければ午前三時半、台湾の現地時間では午前二時半ごろに台湾桃園《タオユエン》国際空港か、台北松山《タイペイソンシャン》空港に着陸できるだろう。だが、８５１便はハイジャック機なので、空軍も使用している台北松山空港に強制着陸させられる可能性が高い。

「……当然だろう。おまえは席に戻れ」

ムハマドは自信なさげに答えると、銃を突き出して命じた。

「分かったから、銃をチラつかせるな」

柊真は苦笑を浮かべると、席に戻った。

「テロリストと何語で話していたの？」

マリアは小声で尋ねてきた。

「パシュトー語だよ。アフガニスタンのＩＳＩＳと言っているが、どうも怪しい」

柊真はシートに腰掛けると、腕組みをした。

「ＩＳＩＳ？　彼らの要求は何？」

マリアは不安げな声で尋ねた。

「分からない」

柊真は憮然とした表情で答えた。

3

午前二時三十分。市谷、傭兵代理店。

一〇〇インチメインディスプレーにはＴＣ２Ｉの映像が映し出され、８５１便の位置情報が反映されている。

「未《いま》だに、どこの管制塔も８５１便の異常に気が付いていないんですね」

メインディスプレー前に立っている池谷は、振り返って友恵に尋ねた。

「８５１便から救難信号や緊急無線が出されていないんです。空路を外れない限り、誰も怪しまないでしょう」

友恵のデスクに設置されている六つのモニターには、さながらコックピットのように様々な計器が映し出されている。851便の情報をリアルタイムに表示しているのだ。

「せめて、日本と台湾の管制塔に知らせた方がいいんじゃないですか？」

池谷は腕組みをして首を傾げた。

「教えても、誰も信用しませんよ。念のために田中さんを呼びました」

友恵は肩を竦《すく》めてみせた。

「航空専門家でもある田中さんなら、何かアイデアがあるかもしれませんね」

池谷は禿《は》げ上がった頭頂部を掻《か》いている。

「あっ。柊真さんからメールが入りました」

友恵がメーラーを開いた。

「テロリストは台湾に着陸するつもりのようです」

柊真からのメールを読んだ友恵が報告した。

「台湾……ですか。台湾で給油して、中東にでも飛ぶのでしょうかね？」

池谷はメインディスプレーを見上げて首を傾げた。

「目的を聞いても、それ以上犯人は答えなかったようです」

友恵は溜息《ためいき》を漏《も》らした。

「変ですね。台湾に強制着陸するにしても、機長は管制塔に通報しなければいけません。下手《へた》をすると、空軍に撃墜されますからね」

池谷は天井を仰《あお》いだ。

「犯行声明を出していないのも変ですし、機長がまったく反応していないのも気になりますね」

友恵も首を傾げた。

「まさかとは思いますが、9・11のように航空機自爆テロじゃありませんか？　着陸態勢に入ってから台北市街に突入するかもしれませんよ」

池谷はズレた眼鏡《めがね》を直しながら言った。

「はっ！　そう言えば、夏樹さんからの情報ですが、昨年の暮れに中国の情報機関が台北101の破壊工作を計画していたそうです。ひょっとしたら、851便を台北市内に墜落させるつもりかもしれませんよ」

友恵は腰を浮かした。台北101は地上一〇一階建ての商業ビルで、台湾のランドマークである。

「昨年の事件ですよね。彼から日米台の情報機関に報告されたそうです。私は防衛省の報告書を読みました。米国の情報部が破壊工作を計画したように見せかけ、台湾国民の反米感情を煽《あお》るのが目的だったみたいですね。親米派を抑え込めば、台湾自ら中国の軍門に降る可能性がありますから」

池谷は眉間に皺《しわ》を寄せ、拳《こぶし》を握りしめた。

「昨年の事件は、台湾当局の意向で公表されませんでした。柊真さんに情報を送ります」

友恵は柊真に暗号メールを送った。


柊真はペーパーバックを広げ、本を読む振りをしながらムハマドを監視していた。背後のエコノミーエリアにも三人の犯人がいるはずだが、まったく動向が摑めない。ムハマドを見張っていることしかできないのだ。

「……!」

柊真は周囲を窺《うかが》うと、ポケットからスマートフォンを出した。振動したのだ。友恵からの暗号メールである。

――何!

柊真は両眉《まゆ》を吊《つ》り上げた。

昨年の十二月二十五日に、中国の工作員が台北101の高層階に時限爆弾を設置し、爆発直前にNが阻止したとメールに記載されている。仮に爆発していたら、台北101が崩壊するほどの爆弾が仕掛けられていたそうだ。情報は公開されていないために、柊真は知らなかった。Nというのは、夏樹のことだろう。

中国は周辺海域で繰り返し軍事演習を行い、台湾侵攻が現実のものだと警告している。しかも、ハードな恫喝《どうかつ》で台湾国民を震え上がらせるだけではなく、内部からも破壊しようとしているようだ。

ハイジャック犯が未だに犯行声明を出していないため、友恵は航空機自爆テロの可能性を危惧《きぐ》しているらしい。台北の政府庁舎、あるいは台北１０１のような高層商業ビルに航空機が衝突すれば、台湾は計り知れないほどの打撃を受けるだろう。

柊真もその可能性はあると思っていた。

「えっ！」

いつの間にかマリアが柊真の手元を覗き込んでいた。犯人に注意は払っていたが、隣席には無警戒であった。柊真のスマートフォンを見て驚いたらしい。

柊真は人差し指を唇に当てた。

「ごめんなさい」

マリアはペロリと舌を出した。

4

午前二時四十八分。アジアン航空８５１便。

柊真はムハマドの目を盗んでシートを離れた。

ムハマドは逆らう乗客はいないと思っているらしく、左翼側にある客室乗務員用シートに座っている。座ったままであれば、柊真のシートが無人になっていることに気付くことはないだろう。もともとビジネスシートはドーム状のカバーに覆われているので、立っていたとしても見えづらいのだ。それで、座っても同じことだと判断したのかもしれない。

柊真はトイレ前の目隠しカーテンを潜り、右翼側通路を這うようにエコノミークラスに潜入した。最前列の乗客が柊真を見て驚いている。柊真は唇に人差し指を当てて、首を横に振った。

ビジネスクラスは、1から30、エコノミークラスは31から47、トイレを挟んで48から63の座席番号が振られている。31から47は人数が多いのでおそらく二人の犯人が配置されているのだろう。それを確認するため席を離れたのだ。

――やはりな。

柊真はニヤリとした。

犯人の一人が反対側の左翼側にある客室乗務員用シートに座っていた。傭兵代理店からの情報では、ザザイというテロリストだ。ザザイは、目を見開いて正面を見ている。集中しているように見えるが、眠気を必死に堪《こら》えているのだろう。その証拠に硬直しているかのように微動だにしない。見張りをしているのなら、周囲を見回すように頭が動くはずだ。

もう一人見張りがいると思ったが、このエリアには見当たらない。中間にあるトイレにも目隠しカーテンがあり、その先は見えない。最後尾エリアに二人いるのだろう。

このまま通路を進めば、低い姿勢でもザザイの視界に入る可能性があるだろう。だが、危険を冒してでも右翼側のシートに座っているスファナット・ムエアンタに接触する必要があるのだ。

ムエアンタは通路側の席でH38である。友恵から送ってもらった二五五人の乗客の座席表は、ほぼ頭に入っていた。外人部隊の特殊部隊GCPでは、徹底的に記憶力を高める訓練をする。敵に拘束された際に命令書などを身につけていれば、そこから情報が漏れるからだ。

だが、柊真は子供の頃から日常的に記憶力を高める訓練をしてきたので苦労しなかった。疋田新陰流では何千もの型や技があり、それを徹底的に叩き込まれる。紙に書いて覚えることなど許されないので、自然と記憶力が上がるのだ。

ムエアンタはテロリストが複数いるために動けないでいるはずだ。隠し持っている銃を拝借するつもりである。

――行くぞ。

ザザイの視線が動かないことを確認すると、柊真は自分に号令をかけた。勢いよく飛び出し、通路に飛び込む。身を屈《かが》めて耳を澄ました。ザザイは気が付かなかったらしく、静寂は保たれている。

柊真は低い姿勢で通路を進む。通路側の乗客は何事かと目を見張っているが、柊真がテロリストではないことは分かっているので声を上げずに静観している。

――ここか。

31から七席目のシートを進んで見上げた。

「……！」

柊真は両眼を見開いた。確かにムエアンタは座っていたのだが、喉《のど》を切られてぐったりとしているのだ。血の量からして生きているとは思えない。だらりと垂《た》れている左手首を調べたが、脈はない。ムエアンタは、テロリストにスカイマーシャルと知られてしまったのか、あるいは、テロリストが多人数であることを知らずに行動を起こそうとして殺されたのかもしれない。

柊真はムエアンタの腰の後ろに手を突っ込んだ。ヒップホルスターの感触はあるが、銃が見当たらない。

――くそっ！

舌打ちをした柊真は、通路を後戻りし、エコノミークラスの最前列で止まった。シートの隙間から左翼側を見た。

「むっ！」

左翼側の客室乗務員シートに座っているはずのザザイの姿が見えないのだ。

「トイレです。たった今、トイレに入りました」

傍《そば》の乗客が柊真の意図を察し、右手で左翼側のトイレを指した。トイレのドアが半開きになっている。見張りがトイレに入るなんてありえないが、よほど行きたかったのだろう。それでも半開きの状態で用を足しているのなら、警戒を怠《おこた》っていないということだ。

「ありがとう」

柊真は小声で応えると、前に進んだ。

ほぼ同時に左翼側のトイレのドアが開く。

「えっ！」

ザザイが声を上げた。顔は濡《ぬ》れており、右手にティッシュペーパーが握られている。眠気覚ましに顔を洗っていたようだ。

柊真は踏み込んで一気に距離を詰める。

ザザイが慌てて左手に握っていた銃を右手に持ち替えた。

柊真は左手で銃身を摑んで捻《ひね》ると同時に、右手でクロスするようにザザイの手を払いのける。次の瞬間、柊真は右手で銃を握りしめていた。

「なっ！」

ザザイは自分の空《から》になった右手を見て呆気《あっけ》に取られている。

柊真はすかさず左手でザザイの首を掴んで引き寄せると、右膝蹴《ひざげ》りを鳩尾《みぞおち》に入れ、崩れたところを顔面に左膝蹴りを決めた。膝二段蹴りを喰《く》らわせたので二、三日は目を覚ますことはないだろう。縛り上げる暇がないため、とりあえず戦闘不能にする必要があったのだ。

柊真はザザイの襟首《えりくび》を掴むと、トイレに転がしてドアを閉めた。もっと慎重に行動したかったが、偶発的に敵に遭遇してしまった以上は闘うしかない。

「うん？」

柊真はザザイから取り上げた銃がグロック26ということに気付き、首を捻った。ムハマドはS&W　M&Pシールドを使っていたからだ。マガジンを抜いて弾丸を調べると、弾頭は光沢《こうたく》のない、ざらついた金属である。

「これは……」

柊真は小さく首を振ると、マガジンを戻した。弾丸は9ミリフランジブル弾である。トイレのドアを開けて、ザザイの体を調べる。ジャケットのポケットからS&W　M&Pシールドとタクティカルナイフが出てきた。

——そういうことか。

柊真はS&W　M&Pシールドをズボンの後ろに挟み込み、ナイフをポケットに入れた。ザザイがムエアンタをナイフで殺し、彼のグロックを盗んだに違いない。納得した柊真は、足でザザイの体をトイレに押し込んだ。

トイレのドアを閉じた柊真は、グロックを右手に握りしめた。

5

午前二時五十二分。

柊真は身を低くしてビジネスクラスの左翼側通路を進む。

ムハマドは左翼側の客室乗務員用シートに座っている。だが、壁側のため、シートがある通路から出ない限り見つからないだろう。

「あっ！」

マリアの声。

振り返ると、マリアが自分の口を右手で塞《ふさ》いでいた。

柊真は小さく頷《うなず》くと、通路を進んで二列目シートの前で止まる。

小さく息を吐き出した直後、柊真は飛び出した。

「ギェ！」

ムハマドが立ち上がり、銃口を向けた。トリガーに指を掛けている。

柊真は左手で銃身を握って捻り、ムハマドの右指をトリガーから離すと、その鳩尾を蹴り抜く。ムハマドは壁面に背中を強打し、床で蹲《うずくま》る。

ムハマドが落としたS&W　M&Pシールドを拾い、ズボンの後ろにグリップを左向きに捩《ね》じ込んだ。先ほど手に入れた銃は右手で抜けるようにグリップを右向きにしてある。

柊真は右利《き》きだが、左手でも同じ働きができるように子供の頃から訓練を受けてきた。特に戦国時代から伝わる印字《いんじ》という投擲技《とうてきわざ》は両手で使いこなすことが要求される。

いつもなら複数の直径一三ミリの鉄球を携帯しているが、航空機ではセキュリティを通らないため持っていないのだ。対人として使うなら意識を失わせるどころか、頭蓋骨《ずがいこつ》さえ貫くほどの威力があり、殺傷能力も充分である。

外人部隊のGCP時代に、利き腕を負傷したことを想定し、反対の手で撃てるように訓練を受けたことがあった。他の隊員は苦労していたが、柊真は最初から難なく撃てた。しかも両手に銃を持ち、二つの標的を同時に撃つこともできたので教官が腰を抜かしたという逸話もある。

「立て。コックピットに行くぞ」

柊真はおもむろにグロックの銃口をムハマドの頭に押し当てた。

近くの乗客が、ムハマドを倒した柊真を見て拍手しかけたが、「静かにしろ」と睨みつけると、慌てて手を引っ込めた。

ムハマドは腹を押さえながら上体を起こした。気絶させないように手加減はしたが、当分下半身に力が入らないだろう。

柊真はムハマドの襟首を摑むと、猫を摘《つま》み上げるようにして立たせた。後頭部にグロックの銃口を押し当てて歩かせる。

「仲間に出てくるように言うんだ」

柊真はコックピット前でムハマドの耳に囁《ささや》いた。ドアのセキュリティロックは、破壊されている。いつでも突入できるが、下手に踏み込めばパイロットの命を脅《おびや》かすことになるだろう。

「シャハド。ちょっと出てきてくれ」

ムハマドは、コックピットのドアを三回叩いた。

「むっ」

柊真はムハマドを突き飛ばし、ドアの前から飛び退《の》いてギャレーに隠れた。

途端、コックピットからドア越しに連射される。ムハマドは銃撃を受けて床に倒れた。ハイジャック犯は当然のことながら通常弾丸を使っているようだ。

ドアが開き、小型短機関銃を構えた男が顔を出した。ノックの不自然さに危険を感じた柊真は、咄嗟《とっさ》に逃げたのだ。

短機関銃はロシア製のデジニトクマッシSR-2〝ベレスク〟である。9ミリ弾を使用し、一・六キロと軽量小型ながら高い貫通力を持つ。対テロ用に開発された銃をテロリストが使っているのは笑えない冗談だ。

「ムハマド！」

シャハドはムハマドの死体を見つけて叫んだ。三回のノックは、敵襲という意味だったのかもしれない。ドア越しに知らせてくれた仲間がいるにもかかわらず、狼狽《うろた》えて闇雲に撃ったのだろう。

柊真は銃を左手に持ち替えると、ギャレーから身を乗り出してシャハドの顔面に二発撃ち込んだ。

シャハドが倒れるのを確認することなく、柊真は通路を逆方向に猛然と走った。テロリストはまだ二人いる。ベレスクは破壊力もあるが、銃撃音も大きい。確実に銃声を聞かれたはずだ。

仕切りカーテンを潜《くぐ》り抜けてエコノミークラスに入る。

ほぼ同時に、後方の仕切りカーテンの向こうから二人の男が銃を構えながら左右の通路に現れた。柊真は正面の、同じ左翼側通路の男の眉間を撃ち抜き、右翼側の男に銃口を向けた。

だが、右翼側の男は咄嗟に腹這《はらば》いになって視界から消えた。倒した男の本名は分からないが、残りの一人はタリブという男に違いない。

「諦《あきら》めろ！　発砲すれば、機体を損傷し、墜落するぞ！」

柊真は銃を構えながらパシュトー語で叫んだ。彼らが通常弾丸を使用していることは疑いようがない。銃撃戦は絶対避けなければならないのだ。

「他の仲間を殺したのか！」

右翼側通路にいるタリブがナイフを持った左手で女性客を羽交い締めにし、その喉元に銃口を突きつけながら立ち上がった。柊真が前方から来たので仲間が全滅したかもしれないと思っているのだろう。

「落ち着け、タリブ。ハイジャックは失敗したんだ。残っているのはおまえだけだ」

柊真はタリブに銃口を向けながら言った。

「うるさい！　一人になろうが、台湾まで行ければそれでいいんだ」

タリブは金切り声で言い返した。自分の本名を呼ばれたにもかかわらず驚かないということは、相当パニック状態にあるということだろう。

「台湾に行けば、何があるんだ？」

柊真は銃を構えたまま尋ねた。

「おまえには関係ない。下がれ」

タリブは天井に向けて発砲した。乗客が悲鳴を上げた。ＬＥＤライトが破損し、天井に穴が空く。この程度なら与圧にも影響はないだろう。

「コックピットを占拠していたシャハドは死んだ。台湾には行かないぞ」

柊真は通路をゆっくりと進む。コックピットの中は覗いていないが、テロリストがいなくなったので、機長は緊急連絡をしているはずだ。その場合、最寄りの空港に着陸することが定石《じようせき》である。沖縄はすでに通り過ぎているので、結局台北に着陸することになるだろう。機体に故障がなければ、石垣《いしがき》島という可能性もあるかもしれない。

「なんだと！」

タリブは大声を発した。

「助けて！」

女性が堪《たま》らず叫ぶ。銃やナイフの恐ろしさに加え、耳元で理解不能な言語で叫ばれたことがさらなる恐怖を煽ったのだろう。

柊真は首を何度も横に振った。タリブの背後に座っている男性が立ち上がったのだ。銃を取り上げるつもりなのだろう。

男性は柊真の警告を無視して背後からタリブに覆い被《かぶ》さり、その銃を持った右腕を両手で摑んだ。女性は男性に押されて床に倒れた。

「ふざけるな！」

タリブは組みついてきた男性の横っ腹を左手のナイフで二度刺し、突き放した。そして、倒れていた女性を再び羽交い締めにして立ち上がる。

狙撃のチャンスを窺ったが、タリブを襲った男性が邪魔で狙えなかった。

「落ち着け！　銃を捨てる。人質は必要ない。彼女を解放しろ」

柊真はマガジンを抜くと、右の親指と人差し指でグロックを摑み高く掲げた。同時に左手を腰の後ろに回す。

「銃を、こっちに投げろ！」

タリブは柊真に銃口を向けて怒鳴《どな》った。

「受け取れ」

柊真はタリブの頭上にグロックを投げた。

タリブの視線が天井近くに飛んだグロックに向く。

柊真はズボンに差し込んだS&W　M&Pシールドをすばやく左手で抜き、タリブの眉間を撃ち抜いた。

6

乗客の悲鳴とともに眉間を撃ち抜かれたタリブは、膝を折って通路に倒れた。
柊真はS&W　M&Pシールドをズボンに差し込み、通路を回り込んで刺された男性の元に駆け寄った。45のHの席なので、和田悟《わださとる》という日本人である。

気を失っている和田のシャツをたくし上げた。左肋骨《ろっこつ》の下と腰の上の二箇所を刺されている。左肋骨下の傷が深く、出血も酷《ひど》い。

「誰か、タオルかハンカチを貸してください」

柊真は日本語と英語で、周囲の乗客に尋ねた。

「私のハンカチを使ってください」

若い日本人男性が白いハンカチを差し出した。

「ありがとう。名前は？」

柊真は受け取ったハンカチを肋骨下の傷に押し当てると、日本人男性に尋ねた。

「佐藤信二《さとうしんじ》です」

男性は素直に名乗った。

「佐藤さん。この男性の傷を私の代わりに押さえていてください。彼の名前は和田悟さんのはずです。呼びかけ続けてください」

柊真は佐藤と交代すると、立ち上がった。

「あっ、あの。犯人はどうしたらいいんですか？」

佐藤はハンカチで傷口を押さえながら遠慮がちに尋ねた。負傷した男性のすぐ近くにタリブが転がっているのだ。

「邪魔なら、通路の端にでも転がしておいてくれ」

柊真は冷めた表情で答えると、近くのトイレで手に付いた血を軽く洗い流し、コックピットへ急いだ。

「隼人！」

ビジネスクラスに入ると、不安げな表情でマリアが呼びかけた。

「テロリストはもういない。すまないが後方に怪我人《けがにん》がいる。診《み》てくれないか」

柊真は笑《え》みを浮かべ、通路を進んだ。

「了解」

マリアは引き締まった表情で頷くと、すぐに席を立った。医師としての顔になったのだろう。

「お客様……こちらへ」

前方の通路に出ると、青ざめた表情のパーミーがコックピットから顔を覗かせた。機長と打ち合わせをしていたのだろう。小声で手招きをしている。その様子に不安を覚えながらもコックピットに入る。

「なに！」

柊真は眉を吊り上げた。機長が首から血を流してぐったりとしている。副機長も負傷しているのだ。パーミーとは別の客室乗務員が、副機長の応急処置をしていた。機長は死亡しているようだ。

「パーミー。乗客のマリア・ヘルナンデスが外科医だそうだ。呼び出すんだ。それと、テロリストは一掃したから、乗客に落ち着くようにアナウンスしてくれ」

柊真はシートを後ろに下げ、機長の死体を引っ張り出して言った。

「分かりました。乗客がスマートフォンの返却を求めてきたらどう対処したらいいですか？」

パーミーは柊真の言葉に頷きながら聞き返した。

「これから緊急着陸しなければならないだろう。緊急体制中の返却はできないとか、どんな理由でもいいから対処してほしい。乗務員は着陸が完了するまで余計な作業は一切してはいけない」

柊真は淡々と答えると、操縦席のすぐ後ろにある折り畳みの椅子を展開し、機長の死体を乗せるとシートベルトで固定した。操縦席は正副と二つだが、その後ろに簡易式の椅子があるのだ。

「了解です」

パーミーは機長の死体を悲しげに見つめながら頷き、コックピットから出て行った。

「君の名は？　副機長の状態はどんな感じ？」

柊真は機長のシートに座って、計器を眺めながら副操縦士の手当てをしている客室乗務員に尋ねた。

「私はエヴァ・マジット。副操縦士はハディ・ラヒムです。ハディは肩と背中をナイフで刺されています。命に別状はないと思いますが、今にも意識を失いそうです」

エヴァはハディの肩に包帯を巻き付けながら答えた。

ケルベロスの仲間であるマットは、ヘリコプターや輸送機を操縦できる資格を持っている。彼が操縦する軍用機の副操縦席にはいつも柊真が座っていた。移動中は暇なので、マットはよく計器の名称や見方だけでなく、離着陸の方法などを説明しながら操縦してくれる。

飛行中に銃撃されたことは一度や二度ではない。万が一自分に何かあった場合に備えて教えていたのだ。彼の勧めで高度なフライトシュミレーターを何度かしたことがある。そのため、計器の見方だけでなく、離着陸の手順は分かっているつもりだ。だからと言って着陸できる自信があるかといえば、皆無である。なぜなら離陸に比べて着陸は数段難しいからだ。

とりあえず、高度は三万三〇〇〇フィート（約一万メートル）、オートパイロットになっているので飛行に問題はなさそうだ。

紛争地においては、航空機を操縦できることがかなり重要な意味を持ってくる。そのため、パイロットライセンスをとろうと日本の民間航空学校の資料を取り寄せたこともある。パリには国立民間航空学院（ＥＮＡＣ）があるが、仕事と両立するのは難しいので諦めた。しかし、いまさらだがこんな状況に陥《おちい》り、改めてライセンスの必要性を痛感している。

「テロリストは……どうなっている？」

副機長のハディが虚《うつ》ろな目を柊真に向けて尋ねてきた。意識を失わないように必死に耐えているのだろう。

「五人のテロリストは排除した。私のことは、隼人と呼んでくれ」

柊真はハディの目を見て答えた。

「助かったよ、隼人。台北のコントロールセンターに着陸要請をする」

ハディは安堵《あんど》の息を漏らすと、無線で緊急連絡をした。

「頼みます」

柊真はシートから離れ、傭兵代理店に「テロリスト排除」と短いメールを送った。

台北緊急着陸

1

六月十日、午前三時八分。市谷、傭兵代理店。

「テロリスト排除！」

友恵は柊真からのメールを思わず声を上げて読んだ。

「やった！」

麻衣と仁美が手を取り合って歓声を上げる。

「さすが柊真さんです！」

腕組みをしている池谷は、何度も頷《うなず》きながら満面の笑《え》みを浮かべている。

「柊真さんから電話です」

友恵はスマートフォンの通話ボタンをタップし、スピーカーモードにした。

——ちょっと問題があります。機長が殺害され、副機長も負傷しています。今のところ意識はありますが、いつ意識を失ってもおかしくない状態です。

柊真は慌てる様子もなく、報告してきた。

「少し時間をください。改めてこちらから連絡します」

友恵は通話を終えると、大きく息を吐き出した。

「田中さんは、まもなく到着します」

中條は友恵の意を察し、田中の位置情報を見て声を上げた。移動中の田中に、絶えず最新の情報を流し、彼がすぐに対応できるようにしていたのだ。

「乗客の情報を徹底的に洗い直すのよ。ヘリでも構わないからパイロットライセンスを持っていないか調べるわよ」

友恵は麻衣と仁美に命じた。

「お待たせ」

スタッフルームのドアが開き、額《ひたい》に汗を浮かべた田中が入ってきた。

アジアン航空851便。

コックピットの出入口に立っていると、パーミーに案内されてマリアがやって来た。

「日本人の負傷者は大丈夫よ」

マリアは柊真に明るい声で言った。パーミーからコックピットの状況を聞かされていないらしい。負傷者の周囲に大勢の乗客がいたためにパニックになるのを恐れたのだろう。

「機長は死亡した。副機長が背中と肩の二箇所を刺されている。彼が気を失った際にはアドレナリンを打ちたい。君は持っていないかな」

柊真は小声でマリアに簡単に説明した。

「機長が！……解熱鎮痛剤なら持っているけど、眠くなるから処方はできないわね。そもそも注射器は機内に持ち込めないし、アレルギー患者ならエピペンを持っているかもしれない」

動揺を見せたマリアは困惑した表情になった。

「この機のドクターキットをお持ちします」

パーミーがギャレーの奥から、バッグを持ってきた。

「エピペン、抗ヒスタミン剤、デキストロース、鎮痛剤、鎮静剤、気管支拡張剤、アトロピン、副腎皮質ステロイド、アセチルサリチル酸、他にも色々あるわね。生理食塩水、点滴セット、手術用の針と糸と手袋、それに聴診器。まさにドクターキットね。何度も飛行機に乗っているけど、見るのははじめて」

マリアはバッグの中を確認すると、ニヤリと笑った。

「君がいてくれて助かったよ」

柊真も彼女の笑顔に思わず笑みを浮かべる。腕時計に目をやり、時差を考慮して針を一時間遅らせた。友恵から折り返し電話が掛かってくる。台北にはあと三十分ほどで到着するだろう。だが、万が一にも副機長が失神するようなことになれば、柊真ではどうにもできない。無事着陸できるようにどんな情報でも欲しいのだ。

「隼人。こっちに来て、ハディ副機長が呼んでいる」

マリアが副機長の脈を取りながらこちらを見た。

「ちょっと待って。あなたも怪我《けが》をしているじゃない！」

マリアが聴診器を外して声を上げた。

「これは二、三日前の傷だ。心配ない。まだ塞《ふさ》がりきっていないだけだよ」

柊真は自分のTシャツを見て苦笑した。血が滲《にじ》んでいるのだ。テロリストと闘った際に、傷口が開いたのだろう。森本病院で治療を受けてそのままの状態である。いつものように防水テープを貼っておくべきだった。

「傷を見せて。これは医師としての命令よ」

マリアは立ち上がると、怖い顔をしている。

「分かったよ」

柊真は肩を竦《すく》めて観念した。

「なにこれ！　どうしたらこんな傷ができるわけ？」

医療用パッドを剝《は》がしたマリアは、首を傾《かし》げた。

「熊に襲われたんだ」

柊真は軽く笑った。笑うしかないのだ。

「消毒して新しいパッドを貼りましょう」

マリアは首を振っている。呆《あき》れているのだろう。マリアは手際《てぎわ》よく、ドクターキットから消毒液を出して傷口を拭《ぬぐ》い、キットにあるパッドでは傷口が収まりきらないためガーゼを当ててテープで止めた。

「ありがとう」

柊真は素直に礼を言って機長席の後ろに立った。

「何でしょう?」

柊真はハディの顔が見えるように身を乗り出した。

「すまないが、機長席に座って私のサポートをしてほしい。サイドスティックは使えるが、左手が使えそうにない。ペデスタルにある機器は説明するから、君が操作してほしいんだ」

ハディは苦しげな表情を見せながら言った。左肩を負傷しているために左手に力が入らないらしい。ボーイング社の旅客機は最新鋭機でも昔ながらの操縦桿《かん》を使うが、エアバス社の旅客機は、機長は左サイド、副操縦士は右サイドにあるゲーム機のようなスティック状のコントローラーで操縦するのだ。

正副操縦席の間にあるセンターペデスタルには、スラストレバーやスピードブレーキや無線機やＩＮＳ（慣性航法システム）などの操作パネルがある。ハディから見てそれらは左側にあるのだ。

「了解」

柊真は機長席に座ると、ヘッドセットを装着した。いつもは右側にある副操縦席に座るので、少々違和感がある。センターペデスタル上の無線機の操作パネルの左側にあるマイクセレクターで〝ＶＨＦ１〟を点灯させた。

「こいつは驚いた。パイロットライセンスを持っているのか？」

ハディは両眼を見開いた。少しは刺激になったらしい。気合いという言葉はあまり好きではないが、怪我はある程度なら気の持ちようで何とかなるものだ。

「ライセンスは持っていないが、副操縦席には何度も座っている。だから、計器類の見方は分かる」

柊真は笑ってみせた。

「心強い。桃園国際空港の着陸許可は得ている。オートパイロットを切り、滑走路まではなんとか操縦するよ」

ハディは笑みを見せた。心なしか顔色がよくなった気がする。

「最後まで頑張ってくれ。ハディ機長」

柊真は右拳《こぶし》をハディの前に突き出した。

「頑張るよ。隼人副機長」

ハディは柊真の拳に右拳を当てた。

2

午前二時二十四分。アジアン航空851便。

「TPEグランド、アジアン851。……フライトレベル310（三万一〇〇〇フィート）への降下をリクエストします」

台湾に近付いたため、ハディはあらためて台湾桃園国際空港の管制官に無線で着陸許可を要請した。気丈に振る舞っているが、息遣《いきづか》いは荒い。

肩と背中の傷は、マリアが縫合している。だが、それまでかなり出血していたらしく、輸血するほどではないが、水分や電解質などを輸液し、安静にする必要があるらしい。彼は着陸後、即入院ということになるだろう。

——アジアン851。フライトレベル310への降下を許可します。

管制官の落ち着いた声が聞こえる。遅い時間のため、他の民間機への影響はほとんどないはずだ。それでもハディからハイジャックされて負傷者がいると聞かされているので、消防車や救急車、それに警察や軍にも連絡を取るのに忙しいだろう。こんな状況下でも冷静に対処してくれるので安心できる。

「TPEグランド、フライトレベル310への降下の許可。了解しました」

ハディは計器類をチェックし、サイドスティックを僅《わず》かに下げた。

――アジアン851、05R滑走路への着陸を許可します。風向きは二六〇度方角から六ノットです。

風向きは北西で、風速は四メートルほどなので気象上の影響はなさそうだ。

「TPEグランド、05R滑走路への着陸の許可、了解。ありがとう」

ハディは交信を一旦終えると、額の汗を拭《ふ》いた。

彼からは標準到着経路で進入すると聞いている。台湾島に沿って台湾海峡に進み、大きく左旋回をして海岸線に近い新屋福興宮《シンウーフーシンゴン》上空から近付き、そのまままっすぐ空港の西南西方向から着陸するコースだ。緊急着陸ではあるが、通常のルートと手順は同じらしい。

「お疲れさま」

柊真はハディを労《ねぎら》った。

「ハディ、大丈夫？」

柊真の後ろの折り畳み椅子《いす》に座っているマリアが、時折ハディに声を掛けている。彼の集中力を切らさないためだ。気力だけで操縦しているため、少しでも油断すれば意識を失いかねない。だが表情を見ている限り、今のところ心配なさそうだ。

友恵から連絡が入り、傭兵代理店に航空機のベテランである田中が来てくれたそうだ。もし、ハディが気絶するようなことがあれば、彼が柊真に着陸までアドバイスをくれることになっている。そのため、スマートフォンを通話状態のままにしてサイドスティックの近くに置いてあった。

「ありがとう、マリア。あと十数分です。何とか頑張れそうです」

ハディは前を見つめたままゆっくりと答えた。傷の痛みで振り返ることすらできないのだろう。柊真は数えきれないほど怪我を経験してきたので、ハディの痛みはよく分かる。

柊真の左翼側のウィンドウから台北の西海岸にある街灯《あか》りが見えてきた。

「副機長のハディです。これより当機は、台湾桃園国際空港に緊急着陸します。客室乗務員の指示に従い、お客様は席に着いてシートベルトをしてください」

ハディは機内放送でアナウンスをすると、シートベルトのサインを出すボタンを押した。息を吐くとサイドスティックをゆっくりと倒し、左旋回に入る。高度はすでに一万フイートを切っている。

「うん？」

柊真は首を捻《ひね》った。どこかで破裂音がし、同時に機体が大きく揺れたのだ。

「貨物室のハッチの警告ランプだ。おかしい。サイドスティックが動かない！　勝手に動いている」

ハディは声を上げた。

「メイデイ、メイデイ！　８５１のコントロール不能！」

柊真もすぐさま声を上げ、スマートフォンで緊急事態を傭兵代理店に伝えた。

――８５１便のコントロールが異常なプログラムに乗っ取られている。さっきまで正常だったのに！

友恵が英語ですぐに応答した。彼女は８５１便の計器類をリアルタイムで監視するだけでなく、コンピュータの飛行プログラムも見ているらしい。

「メイデイ、メイデイ！　ＴＰＥグランド。８５１、制御不能！　繰り返す制御不能！　駄目だ。通信ができない」

ハディが管制塔に緊急連絡をしたが、通信機が使えなくなっている。

「このままでは台北の中心部に墜落する。サイドスティックを引いてくれ！」

ハディが絶叫した。

――ウィルス発見。消去作業に入る。

友恵はまるでハディに応えるように音声を入れてきた。柊真のスマートフォンは衛星携帯モバイルルーターを介しているので、問題なく通じるのだ。

柊真も必死にサイドスティックを引いているが、びくともしない。高度はすでに六〇〇〇フィート（約一万八〇二八メートル）を切っている。眼下に台北の夜景が見えてきた。

市谷、傭兵代理店。

「なんてウィルスなの！　通信だけじゃなく、コントロールが上下左右別々に妨害されている」

友恵は851便に侵入したプログラムと闘っている。

「先に上下のコントロールだけでも回復させてくれ」

田中は友恵の背後に立ってメインモニターを見ながら言った。とはいえ、テキストの羅列でどれが何なのか分からない。ただ、友恵がウィルスを特定したらしく、テキストラインがところどころ赤い文字になっていた。

「分かってる！」

友恵は目にも留まらない速さでキーボードを叩《たた》き、ウィルスを消去している。

アジアン航空851便。

「一〇〇〇フィート！」

高度計を見ている柊真の額にも脂汗《あぶらあせ》が浮いてきた。高度三〇〇メートルを切ろうとしている。目の前に台北の高層ビル群が見えてきた。台北１０１は五〇九・二メートルの高さがある。高度三〇〇メートル以下になれば、台北１０１以外の高層ビルにも激突してしまう。何千という人々の命が犠牲になるだろう。

「くそっ！　もう駄目だ！」

ハディが叫んだ。

――ウィルス除去！　サイドスティックを引いて！

友恵の甲高《かんだか》い声がスマートフォンから響いた。

「動いた！」

柊真はサイドスティックに手応えを感じ、そのまま引いた。

機体が轟音《ごうおん》を上げて上昇し始める。右手の高層ビルから右翼まで数十メートルの余裕があった。だが、左翼側の台北１０１とは数メートルと離れていない。一瞬だが、展望台にいる人の姿が見えた。ハンドライトを持っていたので、警備員だろう。

二つの高層ビルの間を抜け、四十八階建てのショッピングモールが入っている台北南山広場の上を抜ける。

「まだだ！　正面に高層ビル」

ハディが声を上げてサイドスティックを引いた。８５１便はその巨体を軋《きし》ませながら上昇し、高層ビルの屋上にあるクレーンを掠《かす》める。実際、機体のどこかに当たったらしい。

微《かす》かな衝撃を感じた。

　正面に障害物はなくなる。

　雲の切れ目から星が見えた。切り抜けたのだ。

「やったぞ……」

　歓声を上げた瞬間、ハディは白目をむいて気を失った。

「えっ！」

　柊真は気を失ったハディを見て両眼を見開いた。

　――すべてのウィルスの除去に成功しました。通信も復活しています。

　友恵の弾《はず》んだ声がスマートフォンから聞こえてきた。

「こちらバルムンク。副機長が気絶しました。アドバイスをよろしくお願いします」

　柊真は大きな溜息《ためいき》とともに報告した。

3

　午前二時四十分。アジアン航空851便。

「高度二五〇〇フィート、時速二九〇ノット」

　柊真は落ち着いて計器を読んだ。高度は約七六二メートル、時速は約五三七キロである。

――方位もオーケーだ。自動操縦にしよう。

スマートフォンから田中の声が聞こえる。彼は傭兵代理店で851便のコックピットの計器をリアルタイムで見ながら英語で指示してくれる。柊真がスピーカーモードにしていることを知っているからだ。日本語で話さないのは、副操縦士のハディに隠し事をしていると思われるのを避けるためである。もっとも、彼は気絶したままだが。

「了解」

柊真はオートパイロットのボタンを押した。

――完璧だ。これで台湾の南に向かうことができる。君が計器の機能と名称を知っているだけでも助かるよ。

田中が絶賛した。柊真はコックピットのほとんどの計器の見方が分かるため、田中の指示に従うだけで操縦できた。

ハディはシートを倒して寝かされており、輸液を受けている。貧血なのだろうが、失血性のショック状態に近いようだ。気を失わず最後まで目を開けていられたのは、ただ彼の気力だけによるものだったらしい。着陸態勢に入る前にエピネフリンを投与して目覚めさせる予定だ。エピネフリンはアドレナリンのことで、注射することで心拍数、血圧、血糖値を上げる効果がある。ドクターキットに、エピネフリンの注射針一体型容器（エピペン）が二本入っていたのだ。

柊真は田中の指示に従って高度を二五〇〇フィートまで上げてから水平飛行に移し、サイドスティックを右に倒して方向転換したのだ。

台湾島を周回し、約一時間四十分後に再び桃園国際空港に着陸するというのが、田中の飛行プランである。この一時間四十分というのは、ハディの回復に要する時間でもあるのだ。

エンジンが四基のA３４０の巡航速度はマッハ〇・八二。大気の状況を考慮せずに時速に換算するなら約一〇〇四キロである。マッハ〇・八二ではたいした時間稼ぎもできず、素人《しろうと》の柊真にはコントロールするのが困難ということもあった。

このままハディが目覚めないという最悪の事態もあり得る。時間稼ぎをするのなら、目的地を沖縄の那覇《なは》空港に変更することも考えられたが、天候が悪いため選択肢から除かれた。

台湾島周回コースで桃園国際空港までの距離は約八八〇キロ、途中で五回、方向転換をすることで、柊真に操縦に慣れさせるという効果もある。高度を一万メートル以下にすれば、気流の影響を受けやすいが、台湾上空の天候を考慮して田中は高度を設定した。

また、空気摩擦で燃料も余分に消耗する。燃料タンクをなるべく軽くすることで、着陸時の火災の被害を抑えることもできるのだ。

すでに一回目の旋回を終えているので、残り四回だ。田中はあらかじめ旋回させる進路も計算してくれていた。夜間で水平線や陸地の目標物も目視できないため、しっかりとした飛行ルートを出すことがより重要になってくる。

柊真は無線で桃園国際空港の管制塔に飛行計画を出しており、許可を得ていた。現在の状況は機長死亡、副機長は治療中のため、乗客である柊真が操縦していることは報告してある。

田中のアイデアであるが、柊真は米国でパイロットの個人レッスンを受けていることにしてある。下手に学校名を言うと、調べられて嘘がバレるからだ。まったくの素人なら851便は着陸不能と判断され、墜落による被害を避けるために空軍により洋上で撃墜される可能性があるらしい。

台北での危機を乗り切った後、乗客には機長が負傷したと説明してある。そこで副機長の補佐ができる航空機ライセンス保持者がいるか呼びかけたが、皆無であった。傭兵代理店でも乗客リストを調べたが、結果は同じだったのだ。

三十八分後、柊真はオートパイロットを切った。二度目の旋回をする。

――旋回を開始してくれ。バンク角は三〇度。高度を下げないように注意。

田中が指示をしてきた。バンク角は、旋回のための機体の角度――正確には翼が傾く角度のことである。また、旋回する際に機首が下がるそうだ。

「了解」

柊真はサイドスティックを右に倒し、ゆっくりとバンク角が三〇度になるようにする。同時にサイドスティックを微妙に引いて高度を維持した。

――素晴らしい。ロールアウト開始。ゆっくり、ゆっくりね。

田中のアドバイスはあくまでも初心者向けである。ロールアウトとは旋回を終えて翼を水平にすることだ。正面のパネルに飛行機の形を表した計器と角度が表示されるので、それを見ながら調整する。

「ロールアウト、完了」

柊真はサイドスティックを元に戻して息を吐いた。今の旋回で、台湾島最南端を旋回し、西に向かっている。

――アジアン851。予定された進路変更を確認。

桃園国際空港の管制官から確認の無線連絡が入った。レーダーで851便の位置を確認しているのだ。彼らは徹夜作業になるだろう。

「TPEグランド、確認ありがとう」

柊真は無線で答えた。

――次の旋回を開始してくれ。バンク角は先ほどと同じ三〇度。ここからが大事だ。慎重にね。

数分でまた田中から指示がきた。三回目の旋回をする。台湾島の海岸線に沿ってこまめに旋回するのは、中国本土になるべく近付きたくないということもある。

「了解」

柊真は先ほどの手順で旋回を始める。すべて右旋回なので、慣れてきた。景色も見えないので、正直言ってフライトシュミレーターの夜間飛行と大差はない。

近年は中国空軍が軍事演習で自国領空と称し、台湾の領空を頻繁に侵している。台湾の沿岸部からはみ出すようなら、中国空軍の戦闘機に撃墜されかねない。田中が「ここからが大事」と言ったのは、旋回に時間をかければ、大きく台湾海峡にはみ出すことになるからだ。

――ロールアウト開始。慎重に。

「了解」

柊真は同じ手順で旋回を終えた。これで、台湾島の東海岸から西海岸に移動したことになる。

――アジアン851。予定された進路変更を確認。時間通りだね。

桃園国際空港の管制官から再び確認の無線連絡が入った。

「ありがとう。TPEグランド」

――こちらでも位置を確認した。完璧だ。四回目の旋回は十九分後、それが済めば行程の三分の二を飛行したことになる。副機長はどんな感じ？

田中が心配している。

「まだ眠っているので、ぎりぎりまで輸液治療をしてみます。次の旋回が終わったら目覚めさせるつもりです」

――了解。モッキンバードがフライトシミュレーションに現在の状況をインプットした。制限時間を四分にセットしてあるから、何回かトライしてほしい。君のスマートフォンにアプリをダウンロードしてくれ。

「それはありがたいです」

柊真はオートパイロットのボタンを押した。

4

午前三時四十二分。

柊真は深呼吸をすると、サイドスティックを握った。

――四回目の旋回を開始してくれ。バンク角は二八度。

田中からの連絡だ。すでに進路はセットしてある。

「了解」

バンク角を二八度になるようにサイドスティックを右に倒す。バンク角が二八度になり、進路に達する直前にゆっくりと戻す。翼が水平になった時点で、誤差なく進路に機首が向く。ロールアウトのタイミングも分かってきた。

——さすがだね。

田中は指示をしなくても柊真がロールアウトをしたので感心しているようだ。最終の五回目の旋回は二十七分後である。あとは着陸の準備を淡々と進めるだけだ。

「えっ？」

オートパイロットのボタンを押そうとした柊真は首を傾げた。警告音が鳴り響き、メインパネルにある第二エンジンの出力と回転数の二つの計器が、作動していないのだ。

——第二エンジンが動いていない。点火して再起動してくれ。

田中は落ち着いた声で指示してきた。

「了解」

柊真はエンジンの再点火を試みた。出力と回転数が上がり、再び標準値で動き始める。何らかの理由で、エンジンに燃料が供給されていなかったのかもしれない。

「いいぞ！」

柊真はオートパイロットのボタンを押した。

十数秒後、第二エンジンの出力と回転数が再び落ちた。

柊真は再びエンジンを点火する。だが、数秒でエンジンの出力と回転数はダウンし、ゼロになった。

「くそっ！」

——第二エンジンは故障している。これ以上無理に稼働させれば、出火する危険があるだろう。

田中の声が強張《こわば》っている。第二エンジンの計器にはもう触るなという意味である。

「台北市街を脱出する際に高層ビルのクレーンに機体が接触したのかもしれません」

柊真は急上昇する際の機体の異常な衝撃を覚えている。あの時、第二エンジンが損傷したのだろう。

——エンジンは三基だけでも飛行できる。心配することはない。双発のA330でなくてよかった。だが、着陸の際に失速しないように注意するんだ。副機長を早く起こした方がいい。

エアバス社は機体がほぼ同じという双発のA330と、長距離向けの四基のエンジンのA340を同時に開発している。もっとも、A340は不人気で納入数が少なく、二〇一一年に生産を終了させた。

「了解です」

柊真は第二エンジンのスイッチを切ると、振り返ってマリアを見た。

マリアは会話を聞いて状況を把握している。ドクターキットからエピペンを出し、握りしめていた。

「いくわよ」

マリアは容器のカバーキャップと安全キャップを外し、先端をハディの太腿《ふともも》に押し当てた。数秒間押し続けてエピネフリンを注入し、太腿から抜く。

「うーん」

ハディは呻《うめ》き声を上げて薄目を開けたものの、すぐにまたぐったりとした。

「まだ、休息が必要なようね」

舌打ちをしたマリアは首を左右に振った。

「エピネフリンが効かないのか」

柊真は大きな溜息を吐《つ》いた。

「着陸の直前に起こしましょう。体力を消耗しているのよ」

マリアは暗い声で答えた。期待しない方がいいということなのだろう。

「TPEグランド。こちらアジアン851。第二エンジン故障。二度点火を試みたが、始動しないのでエンジンを切った」

柊真は桃園国際空港の管制官に連絡をした。

——いい判断だ。アジアン851。飛行に問題はないか？

すぐさま管制官から応答があった。

「TPEグランド。他のエンジンは正常だ。問題ない」

柊真はもう一度計器類を確認して答えた。

――アジアン851。新たな異変が起きたら、すぐに報告を要請する。

管制官は異常事態を知り、早口になっていた。狼狽《うろた》えているのかもしれない。

「着陸させられそう？」

マリアが小声で尋ねてきた。彼女はハディを診るためにコックピットに詰めている。乗客の中に他にも医師と看護師がいた。そのため彼らに客室の怪我人や気分が悪くなった乗客の対処をしてもらっている。客室乗務員らもマリアが付きっきりで副機長を診てくれていることに安心感を覚えているようだ。

「フライトシミュレーションでは、今のところ八〇パーセントの確率で着陸できている。着陸まで何回かトライして精度を上げるよ」

柊真は笑って答えようとしたが、頬《ほお》が強張って笑みを浮かべることはできなかった。全く同じシチュエーションなら問題ない。だが、友恵のシミュレーションにはパラメーターがランダムに設定してあり、毎回風向きや着陸高度が変わるため意外と難しいのだ。しかも、現実ではエンジン故障という新たなパラメーターが加わっている。

「八〇パーセント……」

マリアは絶句している。素人パイロットにエンジンの故障が加わり、不安材料ばかりだから仕方のない話だろう。エンジンの故障に関しては客室乗務員にも教えていない。彼女たちが献身的に働いているので、乗客は今のところ落ち着いている。客室乗務員にエンジンの不具合のことまで教えれば、その不安は乗客に伝わり、機内はパニックに陥《おちい》るだろう。柊真はそれを恐れているのだ。

「君は、パリに帰るつもりだったの？」

柊真は場を和《なご》ませようと話題を変えた。

「一ヶ月のバカンス中よ。最初の二週間を日本で過ごしたの。もっとも東京で行われた国際学会に参加するのも目的の一つだったけど、残りの二週間はマレーシアのペナン島でゆっくり過ごすつもりよ。あなたは？」

マリアは幾分表情を和《やわ》らげた。

「私はランカウイ島の知人に会ってからパリに帰るつもりだった。よかったら一緒にいかないか？　ペナン島もランカウイ島も観光客で溢《あふ》れかえっているけど、知人は観光客どころか地元民もあまりいない場所に住んでいるんだ」

柊真は笑顔で言った。

「それっ、グッドアイデア！　約束よ」

マリアは満面の笑みを浮かべると、立ち上がって柊真の頰《ほお》にキスをした。

マリアは慌てて柊真から離れた。キスしたことを柊真が嫌がっていると勘違いしたのだろう。
「えっ！　どうしたの？」
柊真は右眉《まゆ》を吊《つ》り上げた。
「……うん？」
瞬く間に中華民国空軍のF‐CK‐1C戦闘機が追い付き、異常に近い距離で並走飛行態
マリアは副操縦席のシートを起こすと、ハディの頰を叩いた。
「大変！　ハディ、起きて！」
って、空軍の戦闘機だと認識しているのだろう。
報を知っているという皮肉な状況が発生することもあるのだ。傭兵代理店は監視衛星を使
や会社名、運行状況まで分かる。コックピットで認識できなくても、乗客の方が他機の情
スマートフォンで使える〝フライトレーダー（flightradar24）〟というアプリなら、機種
NDでは他の飛行機の位置情報は表示されるが、機種など詳細は分からない。むしろ、
851の異常を空軍に通報した可能性がある。
――851に二機の戦闘機が接近している。副機長を叩き起こすんだ。台北の管制官が
柊真はND（ナビゲーション・ディスプレー）を指差した。
「二機の飛行体が後方から急速に接近しているんだ」

勢になった。

——こちら中華民国空軍機。アジアン851。目視でコックピットを確認したい。フラッドライトを点灯させてくれ。

コックピットの室内灯を点灯させることで、戦闘機のパイロットが状況を直接確認するということである。

誰が操縦しているのかということもあるが、今現在ハイジャックされていないか確認する目的があるのだろう。

「ハディ、起きろ!」

柊真は仕方なくハディの左腕をゆすった。

「痛い!」

ハディは左肩を押さえて飛び起きた。だが、状況が摑《つか》めずに口を開けて計器盤を見ている。

「空軍の戦闘機に囲まれている。今からライトを点《つ》ける。挨拶《あいさつ》しなきゃ、撃ち落とされるぞ!」

柊真はハディを怒鳴《どな》りつけると、フラッドライトを点灯させた。

——アジアン851。どうして機長席に民間人が座っているのだ?

「副機長が左肩を負傷し、左手が使えないためだ。そのため、私が右手でサポートしている。桃園国際空港の管制官に報告してある。確認してくれ」

柊真は説明すると、左右の戦闘機に手を振ってみせた。

——アジアン851。副機長に答えさせろ。

まだ納得していないようだ。柊真がテロリストである可能性を捨てきれないのだろう。

「こちらアジアン851副機長ハディ・ラヒムだ。さきほど民間パイロットの隼人が説明した通りだ。テロリストに襲われて左肩を負傷している。隼人にサポートしてもらっているので心配ない」

ハディはそう答えると、右手を振ってみせた。

——了解。アジアン851。コックピットの安全は確認した。ライトを消灯してくれ。協力に感謝する。我々はこのまま着陸までエスコートする。

二機の戦闘機は851便から離れていった。NDではまだ近くを飛んでいるので、威圧的にならないように高度を変えたのだろう。エスコートとは聞こえこそいいが、何かあればいつでも撃墜するということだ。

「助かった」

柊真は額の汗を掌《てのひら》で拭った。

「すまないが、現状を教えてくれないか?」

ハディは計器で現在時間と位置を確認し、首を傾げた。

「台湾島の周回飛行をして、君の回復を待っていたんだ」

柊真は台北からの脱出を経て空港までの飛行計画を説明した。

「素晴らしい。私の回復の時間稼ぎと燃料の消耗も考えたんだね」

ハディは手放しで喜んでいる。

「ここから先は君に任せても大丈夫だろう？」

「もちろんだ。問題ない」

ハディは大きく頷いた。

「気付くとは思うが、第二エンジンが故障して動かない」

柊真は小声で言った。目覚めて早々、あまり刺激したくないのだ。

「なっ！」

ハディは一瞬白目になり、頭を振った。冗談ではなさそうなので、本当に気を失いかけたのだろう。

「私も付いているから」

柊真はわざと声を上げて笑った。

5

午前四時八分。市谷、傭兵代理店。

スタッフルームには、田中だけでなく、浅岡辰也《あさおかたつや》、宮坂、加藤、瀬川の四人も応援に駆けつけている。他にも村瀬政人《むらせまさと》と鮫沼雅雄《さめぬままさお》が日本に戻ってきているが、二人は予備自衛官に登録しており、たまたま訓練日となっていたために来られなかった。

二人は海上自衛隊の特殊部隊である特別警備隊員だった。リベンジャーズに参加するため退役し、東京湾でレンタルモーターボート店を経営している。だが、ロシアのウクライナ侵略で長期に亘《わた》って闘っていたため、日本を留守にしていた。現在は、レンタルモーターボート店の管理は友人に任せ、他の事業を模索中らしい。

浅岡らは代理店スタッフにコーヒーや夜食などの差し入れを持ち込んでいた。ウクライナで闘っていた際は、随分と代理店のサポートの世話になっているので、その恩返しというわけである。差し入れを配った後、四人はスタッフルームの片隅《かたすみ》のデスクの席に座り、一〇〇インチメインディスプレーの情報に固唾《かたず》を呑《の》んで見守っていた。

柊真はリベンジャーズの一員と言っても過言ではないので、誰もが心配でいても立ってもいられなくて押しかけて来たのだ。彼らへの連絡は代理店からではなく、田中が一斉メールを送った。代理店としては、関係者以外立ち入り禁止のスタッフルームに、登録傭兵を呼びつけるようなことはほとんどない。それを池谷が許したのは、傭兵との信頼関係もあるが、柊真が特別な存在だからである。

「田中さん。計器類のチェックをしてください」

友恵は落ち着いた声で、一〇〇インチメインディスプレー前の席に座っている田中に言った。メインディスプレーの画面の上下に、851便のコックピットの計器を表示させてあるのだ。

「あいよ」

田中は頷くと、腕組みをして画面に映る計器を見回した。

「麻衣、仁美、あなたたちもプログラムの監視をお願い。いまさら外部からウィルスが侵入するとは思えないけど、念には念を入れてね」

友恵は自席のメインモニターに851便のコントロールプログラムを表示させている。最初の着陸を試みた時、どうやってウィルスが入り込んでコントロールを奪ったのか、原因は分かっていない。というのも、プログラムのチェックはちゃんとしていたからだ。

時限爆弾的なマルウェアが仕込まれていた可能性はあった。高度が一万フィート以下になると作動する仕組みなどであれば、友恵も作り出すことはできる。だが、プログラムにそういった痕跡《こんせき》もないため、原因がまったく分からないのだ。

「第二エンジンは点火しないが、火災の心配もなさそうだな。だが、なんで貨物室のハッチが開いているんだ？　急上昇した際に誤動作したのかな」

田中は腕組みをして首を傾げた。

「貨物室のハッチは、着陸態勢に入った直後に警報が鳴ったわ。……待って。そういうことか！」

友恵は舌打ちをした。

「どういうことですか？」

麻衣が尋ねた。

「貨物室のパネルを外すと、ネットワークケーブルに簡単にアクセスできる。犯人は851のメインコンピュータにアクセスし、着陸態勢に入った機を見てウィルスをアップロードした。それ以外に考えられないわ」

友恵は腕組みをして言った。

「それなら説明はつくが、犯人は？」

田中が振り返って尋ねた。

「犯人は夜空に消えたんですよ」

友恵は溜息を吐いた。

「馬鹿な。貨物室は胴体に隙間《すきま》なくコンテナが詰められるから、そもそも人間が入る余地はないよ」

田中は首を横に振った。

「テロリストは武器をどうやって持ち込んだと思いますか？　おそらく、トイレの天井にでも隠してあったんでしょう。とすれば、テロリストの仲間が整備士に化けて隠したはずです。墜落する飛行機の乗客の荷物を積み込む代わりに、犯人を貨物室に乗せるのは簡単ですよ」

友恵は人差し指を振って推論を言った。

「ええっ！　ひょっとして犯人は、851便のコンピュータにウィルスを仕込んだ直後に貨物室から脱出したんですか！」

声が裏返った麻衣は椅子を回転させ、友恵に体を向けた。

「タイミングからしてパラシュート降下した。それ以外に考えられない」

友恵はキーボードをリズミカルに叩き、柊真にメールを送った。

午前三時九分。アジアン航空851便。

「今度の旋回で着陸態勢に入りますよね。すぐに戻って来ますから、席を外していいですか？」

友恵からのメールを見ると、柊真は機長席を離れた。

「五分以内ね」

ハディは右手を上げて明るい声で言った。左手もなんとか動かせるようになったらしい。思いのほか元気になり、操縦に自信が出てきたようだ。おそらくもう柊真の出番はないだろう。

「了解」

返事をすると、コックピットを出る前にグロックのマガジンの残弾を確認し、ズボンに差し込んだ。犯人から没収した銃はコックピットの後方にある機長のロッカーに仕舞ってある。

柊真はビジネスクラスを抜けてエコノミークラスに入った。途中で二人の乗務員とすれ違っているが、彼女たちは屈託《くったく》のない笑顔を見せる。十分ほど前にハディが問題はすべて解決したと機内アナウンスをしており、乗客も落ち着きを取り戻していた。誰しも生還できることを疑っていないのだ。

この機の乗客で柊真を除いて六人が偽造パスポートを使用していた。そのうちの五人がテロリストで、四人は死亡し、一人はトイレに監禁してある。というか気を失ったままで、当分は目覚めないだろう。六人目は郭昌征《かくしょうせい》という名の台湾国籍の偽パスポートを使っている男だ。

友恵から五人のテロリストとは別に貨物室に隠れていた犯人がおり、その人物が８５１

便のコンピュータにウィルスをアップロードした可能性があるというメールを受け取っていた。

しかも、851便が制御不能になる直前に貨物室のハッチを開け、パラシュートで脱出したらしいのだ。柊真は友恵からのメールを受けて郭昌征の存在が気になり、着陸前に拘束すべきだと考えている。偶然乗り合わせただけならいいのだが、テロと関わっている可能性は否定できないからだ。

乗客は全員着席しており、柊真を見ると複雑な表情を浮かべた。テロリストを退けたことに感謝しつつも、平気で犯人を殺害したことに恐れを抱いているのだろう。

柊真は中央のエコノミークラスも通り抜け、最後尾のエリアに入った。郭昌征は、左翼側最後尾から三番目の通路側であるC61である。

「……!」

柊真は舌打ちをした。このエリアでテロリストが座っていた二つの席だけでなく、郭昌征のC61も空席になっているのだ。周囲を見回したが、他に席を立っている乗客はいない。

「すみません。この席の乗客がどこに行ったか分かりますか?」

柊真は窓際のA61シートの男性に日本語と英語で尋ねた。

「数分前に席を立ちました。顔色が悪かったので、トイレじゃないですか?」

怯《おび》えた表情の男性は、日本語で答えた。

「ありがとう」

柊真は男性に笑顔で礼を言うと通路を進み、左翼側のトイレの前に立つと、グロックを抜いた。表示は使用中ではない。銃を構えたままドアを足で蹴《け》って開け、無人であることを確認する。

中央のトイレも確認すると、右翼側のトイレの表示を見た。使用中となっている。柊真はいきなりドア越しに撃たれないようにドアの横に立って銃を構えた。

「郭昌征。手を挙げて外に出ろ！」

柊真は英語と中国語で警告した。

6

午前三時十四分。

トイレの中からは物音一つしない。

このエリアの乗客が全員不安げにこちらを見ている。テロリストは排除したはずだと思っているからだろう。

「郭昌征。テロは、失敗したんだ。諦《あきら》めろ！」

柊真は声を荒らげると、ドアを拳で叩いた。音で脅したが、反応はない。

「仕方がない」

柊真はドアを蹴破り、一歩引いた。

「なっ！」

銃をズボンに差し込んだ柊真は、ドアを押し広げて床に膝《ひざ》をついた。

黒縁《くろぶち》の眼鏡《めがね》を掛けた郭昌征は便器に腰を下ろし、ぐったりとしている。両眼は見開かれ、口から泡を吹いていた。鼻先に手を翳《かざ》してみたが、息はしていない。毒物を摂取したのだろう。

「どうして……」

柊真は首を傾げ、便器や洗面台の周囲を調べた。テロリストの仲間だったとしても、ここで自殺する理由が理解できない。無関係だと言い張れば、よかったからだ。

——副機長のハディ・ラヒムです。これより当機は着陸態勢に入ります。緊急着陸のため台湾桃園国際空港に着陸後は、脱出スライドを使います。手荷物はお持ちになれません。詳しくは再度、キャビンアテンダントが説明いたします。

ハディの機内放送が入った。着陸態勢に入るのだ。

「ミスター・タケベ。コックピットにお戻りください……」

パーミーが呼びに来たが、トイレで死亡している郭昌征を見て両手で口を塞いだ。

「了解。……待てよ」

柊真は天井を見上げてはっとし、郭昌征の死体を摑んでトイレから出した。天井の板が外れているのだ。便器の蓋《ふた》を開けると、金属製の箱が便器の中に収まっている。

「いかん。機長に着陸を中止して、上昇するように連絡してくれ。早く！」

柊真は首を傾げているパーミーを急《せ》かした。

「はっ、はい」

パーミーは慌てて近くのインターホンで機長に連絡する。

柊真は金属製の箱を両手で摑んでゆっくりと便器から出し、床にそっと置いた。

縦横一五センチ、高さは一〇センチほどと小型である。上部にボタンが一つあり、緑色に点灯しているＬＥＤライトがその近くにあった。時限爆弾ならタイマーが外部にあってもいいはずだ。ボタンを押してみたが、ＬＥＤライトの色は変わらない。一度起動すると、オフにはできない仕組みなのかもしれない。

これを仕掛けたと見られる郭昌征が自殺しているので聞き出すことはできないが、爆弾と見て間違いないだろう。持ち上げて裏側を見ると、内部で小型ファンがあるのか、直径二センチほどの排気口がある。外観はいたってシンプルだが、溶接してあるため開けて中を見ることはできない。

柊真は慎重に両手で持つと、ゆっくりと通路を歩き始めた。

パーミーは柊真の持っている物が、爆発物と悟ったらしく、乗客の目に触れないようにすぐ前を歩き始める。機転が利くばかりでなく、勇気ある女性だ。

「何もしなければ、大丈夫だ。見張っていてくれないか」

柊真は金属の箱をギャレーの床に置くとパーミーに指示し、ギャレーを出た。振り返ると、パーミーはギャレーには入らずに恐る恐る覗《のぞ》き込んでいる。

スマートフォンで友恵に電話を掛け、スピーカーモードにすると、コックピットに入った。柊真の行動を音声でモニタリングすれば、彼らは行動してくれるからだ。

「一体何があったんだ？」

ハディは困惑の表情で尋ねた。

「テロリストがまだ一人残っていた。トイレで死んでいたが、便器の中に小型の爆弾と思われる箱が残されていたんだ」

柊真は機長席に腰を下ろし、ヘッドセットを当てて小声で答えた。

「何！　時限爆弾か？」

ハディは声を上げて自分の口を右手で塞いだ。

「たぶん、内部に高度計が仕掛けられ、それが起爆装置に繋《つな》がっているのだろう。高度が下がれば爆発する仕掛けに違いない」

柊真は落ち着いた声で答えた。サイズは小型だが、機体の外郭を吹き飛ばすだけの威力はあるだろう。

「現在、一万フィートだが、もっと上げたほうがいいか？」

　ハディは頭を振りながら尋ねた。

「その必要はない。ウィルスでコントロール不能になったときに一〇〇〇フィートまで高度が下がったが、爆発しなかった。それ以下は分からないが」

　一〇〇〇フィート以下ということは、滑走路上で爆発する可能性がある。その意味では、前回は危機一髪だったのかもしれない。

「どうしたらいいんだ。なんとか起爆装置を止められないのか？」

　ハディは目に涙を溜《た》めて尋ねてきた。テロリストだけでなく、ウィルスにより操縦を奪われ、その次は爆弾となれば、今度こそ駄目かもしれないと思っているのだろう。

「分解できないような構造になっているんだ。機外に放り出すしかないだろう」

　柊真には考えがあるのだ。

「コックピットの窓から捨てればいい。そうだ。そうしよう」

　ハディの顔が明るくなった。コックピットのサイドウィンドウはコックピットのクルーが脱出するために開けることができる。

「それはできない。爆弾がエンジンや尾翼に当たる可能性がある。水平飛行中に貨物室のハッチから捨てるのが一番安全だ。貨物室に行ければの話だが」

柊真は溜息を押し殺した。ボーイング社の大型旅客機は客室と貨物室が繋がっていると聞いたことがあるが、エアバス社では聞いたことがない。最悪の場合はコックピットの窓から爆発覚悟で投げ捨てるほかないだろう。

「これは企業秘密だが、ギャレーの床に貨物室に通じる点検用のハッチがあるそうだ。普段はマットを敷いて隠してあると、整備士から聞いたことがある。私も見たことはないが」

ハディは後ろを振り返ってから言った。他の乗務員は知らないのだろう。

「それなら、私が貨物室に降りよう。管制官にはなんて報告してあるんだ?」

柊真はサイドウィンドウから外を見た。戦闘機が伴走しているはずだからだ。

「管制官にはランディングギアに警報ランプが点灯したので、点検してから着陸すると嘘をついた。まもなく空港の上空を抜けて台湾島の外に再び出る。旋回している間に洋上に捨てればいい」

ランディングギアとは車輪を出し入れする降着装置のことである。

「爆弾を発見したことを今は言わない方がいい。報告は爆弾を破棄する直前にするんだ」

柊真は念を押した。下手に管制官を刺激すれば、撃墜される可能性がまた出てくるからだ。

「ギャレーのハッチは簡単に開けられないはずだけど、大丈夫かな? とりあえず旋回に時間を掛ける。それから無線機を持って行ってくれ」

ハディは額の汗をハンカチで拭った。怪我のせいで発熱しているのだろう。時間が経てば再び意識を失う恐れがある。

柊真は乗務員用の携帯無線機を手にギャレーに入ると、床の黒いマットを剝がした。

「なるほど……」

柊真は頭を掻《か》いた。幅八〇センチ、縦六〇センチほどのハッチが顔を覗かせたが、問題は中央に0から9までのパッドキーが並んでいる。何桁《けた》かの暗証番号が必要らしい。

「こんなところにハッチがあるなんて知らなかった」

背後でパーミーが感心している。

「ひょっとして暗証番号が、分かったりする？」

柊真はスマートフォンで友恵に尋ねた。スピーカーモードにしてあるので、ハディとの会話を聞いていたはずだ。

——五桁82473よ。破棄する前に爆弾の外観を撮影しておいてね。不発弾の可能性もあるから。

友恵はさりげなく答えた。後で警察や軍に説明するのに破棄してからでは、柊真の空騒《から》ぎと言われかねないからだろう。彼女から教えてもらった暗証番号を押すと、緑のLEDランプが点灯し、ハッチの電子ロックが解除された。851便のコンピュータをすでに調べていたらしい。

「本当だ」

言われるままに爆弾を四方から撮影し、ハッチを開くと、凄《すさ》まじい風が吹き込んでくる。同時に機体が、乱気流に入ったかのように大きく揺れた。

柊真は開口部から頭を突っ込んで貨物室を覗いた。右翼側にあるハッチが開いたままになっている。与圧されていないが、高度が一万フィートなので、貨物室の空気は薄いというほどではないだろう。だが問題は、嵐のように、風が吹き荒れていることだ。開いたままのハッチに近付けば、吹き飛ばされて機外に放り出される可能性はある。

「パーミー。すまないが機内アナウンスをしてくれないか？」

柊真は事情を説明し、彼女にアナウンスを頼んだ。

――男性のお客様にお願いがあります。命綱を作る必要があるので、至急ズボンのベルトと靴紐《くつひも》のご提供をお願いします。八人以上のご協力が必要です。

パーミーはインターホンで機内アナウンスをした。

「脱出する際にズボンがずり落ちてしまうだろう」

「靴が脱《ぬ》げてしまう」

「そうだ、そうだ」

「後ろのエコノミーの客にも聞けよ」

二人ほど協力者が手を上げたが、他の客は口々に文句を言った。

「代わってくれ」

柊真はパーミーからインターホンの受話器を受け取った。

「私は現役の軍人です。さきほど解除できない爆弾を発見しました。時限爆弾ではありませんが、高度を下げると爆発する恐れがあるため貨物室ハッチから機外に放出します。それには命綱がいります。確実に機外に捨てなければなりません。風圧で戻されれば機内で爆発するからです。それとも私の代わりに命綱なしで誰かやってくれますか？」

柊真は英語と日本語で説明した。

「私のを使ってくれ」

「俺のベルトも」

乗客たちは顔を見合わせると、慌ててベルトを引き抜いて掲げた。

7

午前三時二十六分。

柊真は、革のベルトを繋ぎ合わせて作った命綱を引っ張り、強度を確認している。

ズボンのベルトと靴紐の提供を乗客に申し入れたところ、二〇人以上が手を上げてくれた。

バックルの尾錠《びじょう》と呼ばれる留め金に他のベルトの穴に入れ、繋ぎ目に靴紐を何重にも巻いて補強し、七メートルの長さのベルトを作ったのだ。

一方の端を靴紐で強化した柊真のベルトに繋ぎ、残りを束ねた。ギャレーのハッチを開けると、風が下から吹き上げる。ベルトの反対側の端をラダーの一番上のステップにしっかりと結びつけた。

「気を付けて」

パーミーが今にも泣き出しそうな顔で言った。

「ありがとう」

柊真は爆弾を小脇に抱《かか》えてハッチ下のラダーに足を掛けた。

「絶対、ランカウイ島に連れて行ってね」

マリアが床に膝をつき、柊真と視線を合わせて言った。乗客からベルトを集める際に現役の軍人だと言ったことを彼女も聞いているはずだ。スポーツインストラクターでないことはバレている。そのためか、複雑な表情をしていた。

「あとでゆっくりと話をしよう」

彼女には下手な弁解をするよりも、本当のことを話すつもりである。

「無事に帰ってきて」

マリアは柊真の唇にキスをした。

柊真は頷くとラダーを慎重に下りる。貨物室の天井高は一六〇センチほど、ラダーの下から貨物室のハッチまで三メートルもない。

「ハディ、爆弾を放出する。管制官に連絡してくれ」

柊真はラダーにしがみつきながら、無線でハディに連絡した。

——了解。気を付けて。

ハディから応答があった。

貨物室は絶え間なく嵐のような風が吹き荒れている。貨物室の一部が空の状態のため、気流が胴体を駆け巡っているに違いない。これではエアーポケットに入ったらコントロールを失う恐れもある。安全に着陸するためにもハッチは閉じるべきだ。

柊真は前屈《かが》みの姿勢で爆弾を左手で持ち、右手で天井を押さえるようにして体を安定させた。これならしっかりと体勢を保ち、風に足を取られることはないだろう。命綱は大袈《おおげ》裟《さ》だったかもしれない。

機体が激しく揺れる。

「うおっ！」

柊真の体が天井に叩きつけられ、あっという間に機外に投げ出された。右手がハッチの端になんとか引っかかる。エアーポケットに入ったに違いない。片手ではとても耐えられない。左手の金属製の箱を離した。箱は気流に巻かれて右翼に当たって後方に流されていく。エンジンに激突しなくてよかった。

機体が揺さぶられる。

右手が外れた。

「うっ！」

一瞬気が遠くなった。命綱が伸び切って引っ張られたのだ。気が付くと、貨物室ハッチから三メートル近く離れている。ハッチと反対側に飛ばされた時のことも考えて命綱を長めに作ったのが仇《あだ》になった。今回は、大は小を兼ねなかったようだ。

乱気流に揉《も》まれた柊真は逆《さか》さの状態で機体に叩きつけられ、足が客席の窓に当たった。

急激に高度を下げているのだ。何度も揺さぶられれば、命綱が持たない。

後方で火の玉が出現した。放出した爆弾が爆発したのだ。高度は一〇〇〇メートルほど下か。想定したよりも高高度で爆発した。翼に当たった際に、内部の高度計が故障したのかもしれない。

柊真は両手で革ベルトの命綱を掴み、手繰《たぐ》り寄せた。

「うっ！」

機体が上昇し、柊真は叩き落とされるようにハッチの下にぶら下がった。ハディが姿勢を直すために必死に機首を上げたのだろう。

「くそっ！」

左手で命綱の上を掴み、右手を伸ばすと貨物室ハッチの下にある爪《つめ》状のドアロックに届いた。左手もドアロックを摑んで右肘《ひじ》を貨物室の床に乗せ、次いで右膝を乗せてよじのぼる。

膝立ちになった柊真は命綱を機内に手繰り寄せ、貨物室ハッチ脇の開閉ボタンを押した。嫌な軋み音を立てながら動き出す。長時間飛行中に開いていたため、ヒンジが歪《ゆが》んだのかもしれない。それでもハッチが閉じ切ると、続けてロックの作動音も聞こえた。

「ふう」

息を吐くと、そのまま仰向《あおむ》けになった。

——貨物ハッチが閉まったようだが、どうなっている？

ハディからの無線連絡だ。コックピットの警告ランプが消えたのだろう。

「任務完了だ」

柊真は肩で息をしながら答えた。

——やったな。すまないが、コックピットに早く戻ってくれ。やはりサポートして欲しい。

「了解」

立ち上がった柊真はラダーを上り、ギャレーの床に上がる。腰を下ろして命綱を巻き取ると、ギャレーのハッチを閉めた。

「うん？」

額の汗を拭うと、右手の甲に血がべっとりと付いている。機体に叩きつけられた際に額を切ったのだろう。痛みは感じないが、頭部を切ると意外と出血するものだ。

「隼人！……これは縫わないと」

マリアが駆け寄ってくると、頭部の傷を見て言った。

「時間がない。着陸が先だ」

柊真は命綱を外して立ち上がると、ギャレーを出た。

「待たせた。現状を教えてくれ」

コックピットに入った柊真は機長席に座り、ヘッドセットを掛けた。

「大丈夫なのか！」

柊真を見たハディが声を上げた。

「大した怪我じゃない。報告してくれ」

柊真は計器盤を見て言った。教えられなくても分かるのだが、ハディを操縦に専念させるためにあえて尋ねたのだ。

「すまない。あと五分で海岸線を抜け、着陸態勢に入る。高度は三五〇〇フィート。速度一六〇ノット」

「了解」

柊真はサイドスティックを握った。

五分後、851便は西海岸上空を通過する。

――こちら中華民国空軍機。アジアン851。着陸の幸運を祈る。

空軍の戦闘機から無線が入った。

「こちらアジアン851。ありがとう」

ハディは無線を返した。

――こちらTPEグランド。着陸を許可する。風は一七〇度方向から八ノット。

「了解。TPEグランド。着陸態勢に入る。ありがとう」

ハディは落ち着いて応答した。

高度は順調に落ちているようだ。

「うっ！」

ランディングギアを操作したハディが呻き声を上げた。

「どうした？」

柊真は思わず尋ねた。ランディングギアは正常に降りており、ロックが掛かっている。

問題なく脚部が機外に出たということだ。

「ランディングギアを下げたが、左腕が痺《しび》れて力が出ないんだ。速度を一五〇ノット（約ハディは荒い息をしながら言った。痛みと痺れで左腕を動かせなくなったらしい。

まるでハディの言葉を解したかのようにエンジン警告ランプが点灯し、同時に警報音がけたたましく鳴り響く。

柊真の視界の隅に赤い炎が映る。左サイドウィンドウを見ると、第二エンジンから炎が噴き出していた。

「エンジン出火！　馬鹿な。燃料は供給していないはずなのに！」

ハディが金切り声を出す。体調が悪化しているので、パニックを起こしているらしい。エンジン内に残っている燃料に火が点いたのだろう。

「落ち着け。第二エンジンの消火ボタンを押す」

柊真は自分の判断で第二エンジンの消火ボタンを押し、スラストレバー（パワーレバー）を下げて速度を一五〇ノットまで落とした。これ以上落とせば、エンジンが三基なので失速する可能性もある。

エンジンは黒い煙を上げながら炎は消えた。だが、数秒後、また燃え上がる。

「くそっ！　鎮火しない！　どうなっているんだ！」

ハディが消火ボタンを連打している。

「ＴＰＥグランド。アジアン８５１。第二エンジン出火。消防隊の準備を頼む」

堪らず柊真が管制官に無線連絡をした。

――こちらTPEグランド。準備はできている。落ち着いて着陸してくれ。

管制官はハディに呼びかけた。彼の慌てぶりを無線で聞いているのだ。

「ハディ！　しっかりしろ！　このままランディングするんだ。四〇〇、三〇〇」

柊真は高度のカウントダウンを始めた。桃園国際空港の滑走路は目の前である。エンジンが炎上しているので、やり直しは利かないのだ。

「オーケー。オーケー」

ハディが深呼吸しながら言った。自分に言い聞かせているのだろう。

「一〇〇……五〇、四〇、三〇、二〇、一〇」

柊真はランディングに合わせてスラストレーバーを引き、エンジン出力を一気に落とす。その間、ハディはフラップレバーとスピードブレーキを操作する。最後の気力を見せているようだ。

８５１便はドンという衝撃で着陸すると、数百メートル走り続けて停止した。

「助かった！」

「やった！」

機内から割れんばかりの拍手と歓声が起きた。

「ブラボー！」

背後からマリアが抱きついてきた。

——これより、客室乗務員の案内で緊急脱出スライドから、機外に出ます。お客様におかれましては、お近くの乗務員の指示に従ってください。

パーミーがいち早く機内アナウンスをした。

「やったな……」

柊真は喜びを分かち合うべく右手を伸ばしたが、ハディは目を閉じてぐったり首を垂《た》れている。気絶しているらしい。

「頑張ったな」

苦笑した柊真は、副機長席を引いてハディの安全ベルトを外した。

「私が先導する」

目に涙を溜めたマリアが、笑みを浮かべた。

「よろしく」

柊真はマリアの頬に優しく触れると、ハディを肩に担《かつ》いだ。

捜査協力

1

六月十日、午前四時三十六分。

柊真は、衛生福利部桃園醫院の一階にあるERの診察台に座っていた。桃園国際空港から一二キロほど離れているが、パトカーが先導する救急車で運ばれてきたのだ。

脇腹に受けた熊の爪痕《つめあと》の傷が一部開いており、再縫合が必要だった。また、頭部の怪我《けが》は三針縫っている。たいしたことはないが、縫えば回復が早くなるので黙って治療を受けているのだ。

アジアン航空851便は午前三時四十八分に緊急着陸し、乗客は全員脱出スライドで機外に無事に避難している。機長の死亡、ウィルスによる制御不能、第二エンジンの火災とアクシデントが続く中、副機長も指揮を執《と》ることができなかったが、乗務員の的確な誘導で怪我人を出すこともなかったのだ。

柊真が救急車で搬送されたのは、乗員と乗客が全員機外に退避してから十五分後のことである。副機長のハディとテロリストに刺された乗客の和田は、先に到着した救急車で運ばれていた。

「武部先生、これで治療は終了となります。病室が決まり次第ご案内しますので、このままお待ちください」

王《おう》という名の若い男性医師が、柊真の脇腹と頭部の怪我の治療を終えて立ち上がった。柊真がテロリストに対処した話を聞いているらしく、偽名である武部に「先生」と敬称を付けて呼ばれている。王も含めて三人の若い医師が入れ替わり立ち替わりで傷を診《み》たが、最後に担当した王が実際に治療にあたったのだ。

「まったく、なんで三人も医師が交代したんだ?」

首を振った柊真は溜息《ためいき》を吐《つ》いた。

「頭の傷は珍しくないけど。熊に引っ掻《か》かれた傷なんて普通は一生診ることはないでしょう。私も初めて見たわ。あんまり珍しいから、治療前に同僚が見学したのよ」

付き添いとして救急車にも同乗したマリアが、笑いながらフランス語で言った。英語も上手だが、普段使っているフランス語の方が話し易《やす》いそうだ。

彼女は自身が外科医だとは明かさず、黙って傍《そば》で見守っていた。他の乗客は、航空会社が用意した空港近くにある三つのホテルに振り分けられて宿泊すると聞いている。だが、マリアは柊真の親しい友人だと言って付いてきたのだ。

乗客は空港の格納庫に集められて入国手続きをしている。柊真とマリアは先に救急車で運ばれているので、夜が明けて退院するタイミングで手続きすることになるだろう。

「まあ、熊に襲撃されたのは初めてだけどね」

柊真は自分のバックパックから新しいTシャツを出した。着ていたTシャツは、血で汚れていたので捨てたのだ。

「それにしても、あなたの体は怪我の見本市みたいね」

マリアは柊真の屈強な上半身に残された数々の傷痕を見て首を横に振った。銃創《じゅうそう》だけでも数箇所あり、ナイフや手榴弾の破片の傷痕まで入れれば数え切れない。

「騙《だま》すつもりはなかったが、君に嘘《うそ》をついていたことをまず謝りたい」

柊真はTシャツを着ると、頭を下げた。

「スポーツジムのトレーナーじゃないことは確かね」

マリアは苦笑を浮かべた。

「パリ郊外のヴィスーで〝スポーツ・シューティング＝デュ・クラージュ〟という射撃場を仲間と一緒に経営している。そこでインストラクターをしているのは事実だ。それも一つの顔に過ぎないけどね」

柊真は頭に巻かれた包帯の上から額《ひたい》を指先で掻いた。

「ひょっとして、あなたはスパイ？」

マリアは小声で尋ねてきた。

「まさか、傭兵なんだ。これまで政府系の任務をこなしてきたので、命を狙われたこともある。だから、いつも偽名を使っている。シュウマ・アカシというのが、本名なんだ」

柊真はマリアに近付き、耳元で答えた。傭兵というのは、一般的にイメージが悪いので言いづらいのだ。

「納得したわ。一人で五人のテロリストを倒し、爆弾を命がけで機外に放出して、パイロットをサポートして飛行機を着陸させるなんて一般人じゃ絶対できないわ」

マリアは腕組みをして言った。傭兵と聞いて一応納得したらしいが、完全には腑《ふ》に落ちていないようだ。柊真の場合、フランス外人部隊の超エリート集団ＧＣＰ出身である。ただの傭兵とは違う。その違いを彼女もなんとなく分かっているのだろう。もしくはまだ、諜報員だと疑っているのかもしれない。

「運が良かっただけさ」

謙遜《けんそん》しているわけではない。犯人たちは銃の扱いは慣れているようだったが、柊真ほどでなかったというだけである。彼らが熟練した兵士なら、事態は最悪の結果に終わっただろう。

「あんな働きをしたのに、自慢しないの？　851便の乗客は、誰しもあなたの正体を知りたがっているわ。それに報酬を貰《もら》うべきよ」

マリアは苦笑した。

「大勢の民間人がいる前で行動するなんて、ありえない状況だった。乗客がスマホを持っていなくて本当によかったよ。下手に写真や映像を撮られていたら最悪だった」

柊真は小さく頷《うなず》いた。マリアは嘘をつかれていたことに怒っていないらしい。

「あなたがヒーローという事実は変わらない。マスコミが黙っていないわ」

マリアは人差し指を立てて横に振ってみせた。

「ヒーロー？　なりたくもない。極秘に台湾を出国するつもりだ。そもそも有名人になりたいからテロリストと闘ったわけじゃない。君も含めて、乗客の命を守りたかっただけだ。これまで、報酬のために仕事をしたこともないしね」

柊真は苛立《いらだ》ち気味に言った。ヒーローという言葉は好きではない。戦場でもっとも意識してはいけない言葉だからだ。それに報酬は結果であり、目的ではない。

「あなたに付いてきたのは、心配だったからだけど、あなたの本質を知りたかったからかもね。あなたがヒーロー嫌いと聞いてほっとしたわ」

マリアは柊真に近付くと、両手を柊真の背中に回した。身長は一七五センチほどと思われるが、パンプスを履いているので少し見下ろす程度である。

「君はすてきな女性だが、私と関わらない方が……」

柊真の口は言葉半ばで、背伸びしたマリアの唇で塞《ふさ》がれた。

「ごほん」

咳《せき》払いが聞こえて、マリアは慌てて柊真から離れた。

先ほど治療してくれた王とダークスーツを着た男がERの入口に立っていた。咳払いをしたのは王らしい。

「武部先生。警察の方がお見えになりました」

王は遠慮がちに言った。

「私は呉明賜《ごめいし》と申します。今回の事件でお伺《うかが》いしたいことがありますので、ご同行願えますか?」

呉明賜は表情もなく言った。

「少し休ませてくれますか。日が昇ってからでもいいんじゃないですか?」

柊真も無表情で返した。呉明賜が身分を明かさないので、気に食わないのだ。

「従わなければ、逮捕するまでです」

呉明賜は右手を上げた。

彼の背後から台湾製アサルトカービンである91式歩槍《ほそう》を構えた四人の銃武装兵が現れ、柊真を取り囲んだ。

「彼は851便の乗客と乗員を救ったのよ。なんて失礼な国なの！」

マリアは英語で捲《まく》し立てた。

「そうかもしれませんが、偽造パスポートを使っていたことは事実ですよね」

呉明賜は肩を竦《すく》めてみせた。

「マリア、いいんだ。ありがとう。また連絡する」

柊真はマリアを抱きしめ、彼女のジャケットのポケットに自分のスマートフォンを滑り込ませた。逮捕されたら取り戻せなくなる予感がしたのだ。それに自分のスマートフォンを渡しておけば、後で連絡が取れる。

「よろしいかな」

呉明賜は右手を廊下に向かって上げると気取って言った。

「行こうか」

柊真は周囲の兵士に小さく頷き、歩き出した。

2

柊真は黒塗りのベンツSタイプの後部座席に、呉明賜と一緒に座っていた。

行き先は教えられていないが、警察署でないことは確かだろう。衛生福利部桃園醫院の玄関前に停められたベンツに乗る直前、呉明賜は柊真に頭を下げた。ERで一緒にいたマリアと急いで引き離すために、わざと不遜な態度を取ったという。緊急事態のためだからと言われたが、それ以上の説明は受けていない。しかも、車に乗ってから呉明賜は、黙り込んでいるのだ。

ERに入ってきた四人の武装兵は、後続のハンヴィーに乗っている。彼らは柊真を逮捕するためではなく、護衛が目的だという。運転席と助手席のダークスーツを着たいかつい男たちは、呉明賜の部下らしい。

「まだ口を利《き》かないつもりか？」

柊真は英語で呉明賜に尋ねた。中国語は話せるが北京《ペキン》語であり、台湾語とは少し違うからだ。

「安全な場所に着いたらお話しします」

呉明賜は軽く頭を下げた。なぜか緊張した様子なので、それ以上突っ込むのは憚《はばか》られる。そもそも偽造パスポートを使用したことを知られているので、従うほかない。だが、代理店が作る偽造パスポートは、実在する戸籍から作り出し、本物と同じＩＣチップを使っているのでバレる可能性はないと聞いていた。パスポートに問題がないのなら、柊真は顔認証で引っ掛かったということだろう。テロによる大惨事を未然に防いだ柊真を、台湾の諜報機関が総力を上げて調べた可能性はある。

ベンツは国道1号線を北東に進み、淡水《タンシュイ》河を渡ったところで一般道に入り、中正路で再び北東に向かう。台北の中心街でなく、方角的には陽明《ヤンミン》山の麓《ふもと》である。

――そういうことか。

柊真は一人で頷いた。行き先が分かったからだ。陽明山の麓には、国家安全局の庁舎がある。庁舎は高さ数メートルの壁に囲まれており、軍事基地並みにセキュリティが厳しいと聞く。呉明賜が「安全な場所」と言った言葉通りなのだ。

やがてベンツは中正路から仰徳大道一段に入り、柊真の予想通り国家安全局の正面ゲートから入場した。

柊真は眉《まゆ》を顰《ひそ》めた。時刻は午前五時八分と早朝であるが、正面玄関には数人の重武装兵が立っているのだ。厳戒態勢ということなのだろう。

ベンツは敷地に入ると正面の建物の前の道路を右に曲がり、道なりに走った。数十メートル先で左カーブになり、一〇〇メートルほど走ってまた左に曲がる。道路は敷地内を周回しているらしい。

カーブから数十メートル先の建物の前で停まった。助手席の男が素早く降りて後部ドアを開けた。

「先に下りてください」

呉明賜に促《うなが》されて柊真は車を降りた。ビルの玄関にも武装した兵士が二人立っている。

正門のゲートなら分かるが、ここまで兵士を配備するということは臨戦体制といってもいいのかもしれない。

「どうぞ、こちらへ」

呉明賜は先に歩き出すと、玄関の兵士らが敬礼してみせた。

「厳戒態勢のようですね」

柊真は呉明賜のすぐ後ろを歩きながら尋ねた。

「851便のハイジャックを、我々は攻撃と見なして対処しているんです。あなたから詳しくお話を聞くことで、明らかになるでしょう」

呉明賜は初めてまともに答えた。

「攻撃?……結果的に台湾への攻撃と見なしてもおかしくはないな」

柊真の脳裏をテロリストのリーダーと思われたムハマドの顔が過《よぎ》る。彼は生きて帰れるとは思っていないような口ぶりだった。そもそも彼らには政治的思想はなかったような気がする。唯一生き残ったザイから話を聞けるかもしれない。脱出する際も気絶していたので、柊真が機外に運び出している。二、三日後に目覚めるだろう。

呉明賜は正面にあるエレベーターに乗り込んだ。柊真が乗ると、遅れてベンツに乗っていた二人の部下も乗り込んできた。

「もうお分かりと思いますが、私は国家安全局第一処に所属しています。彼らは、私の部下の王凱文《がいぶん》と張武雄《ちょうぶゆう》です。これから、重要な会議に出席してもらいます。その際、我が国の身分の高い方がいらっしゃいますが、あえて名前は伏せさせていただきます。ちなみにあなたは日本の特殊機関に所属するA先生と紹介します。名乗る必要はありません。851便であった事実だけ、お話しください」

呉明賜は早口で説明すると、エレベーターは三階で止まり、ドアが開いた。

「覆面会議と、理解していいんですね。質問に答えられない時はどうするんですか？」

柊真はエレベーターから降りながら尋ねた。

「私が司会者として、会議をコントロールします」

呉明賜は力強く言った。

廊下を進んで、〝会議室〟と記されたドアを王凱文が開け、呉明賜に続き柊真も会議室に入った。

柊真は右眉をぴくりと上げた。会議室といっても五、六〇平米はある広さで、中央に木製の楕円《だえん》形のテーブルが置かれており、テーブルを囲んで八人の男女が座っている。そのうちの三人がテレビで見たことがある台湾の国会議員で、残りは制服姿の軍人であった。その階級章はいずれも大校（諸外国での大佐クラス）以上である。台湾の安全保障に関わる重要なメンバーなのだろう。

「お待たせしました。司会を務める国家安全局第一処の大校である呉明賜と申します。お見知り置きを。早朝の緊急会議にお集まりいただき、感謝いたします」

呉明賜は深々と頭を下げた。日本式の挨拶《あいさつ》ではないが、彼が頭を下げるのは、それほど会議の面々の身分が高い証拠だろう。

「召集をかけたのは私だ。君が恐縮する必要はないよ」

一番奥に座っている中年の男性が、笑みを浮かべて言った。国防部長（国防相）で、名は邱《きゅう》泰源《たいげん》だった気がする。

「ありがとうございます。今回の緊急会議は、851便で起きたテロの事実確認をするためです。そのため同便に乗り合わせ、テロリストと闘い、大惨事を未然に防いでくださったA先生にご出席いただき、貴重な証言をしていただきます。A先生は日本の特殊機関に所属している関係で、本名はもちろん身分も明かすことはできません。この会議に出席することも日本政府の厚意と解釈し、他言なされぬように重ねてお願い申し上げます。また、A先生は日本語以外に英語と中国語を話せますが、皆さんのために中国語で対応してもらいます」

呉明賜は出席した面々を見回して言った。先ほどと違い、機密を漏《も》らせば国防部長だろうと只《ただ》では済ませないという意味だろう。

「もちろんだ。君たちが来る前に私が念を押しておいた。決して日本のパイプを使って連絡を取ることもしないから心配には及ばない。会議を始める前に、我が国を代表してA先生にお礼を言いたい。命懸けで851便と我が国の市民の命を守っていただき、総統に代わって感謝いたします」

邱泰源が立ち上がって拍手をすると、出席した面々も席を立って柊真に拍手を送った。

「私は自分ができることをしただけです」

苦笑を浮かべた柊真は軽く頭を下げた。こうした場に慣れていないこともあるが、極秘任務ばかりこなしてきただけに、表に立つことに気まずさを覚えるのだ。

「お疲れのところ申し訳ないが、よろしくお願いします」

呉明賜が何か言いたそうな邱泰源に被《かぶ》せるように言った。

「できるだけ時系列に沿って詳しくお話しします」

柊真は大きく頷くと咳払いをした。

3

午前六時四十分。国家安全局。

会議室から拍手で見送られた柊真は、大きく息を吐き出した。

柊真は851便で起きた出来事をコックピットのドアが吹き飛ばされたところから約一時間半に亘《わた》って話した。代理店の支援を受けたことは、口にしていない。聴衆は柊真を特殊な訓練を受けた日本の諜報員と思っているらしく、851便の操縦をしたことを特に怪しむ様子はなかった。

「改めて事情をお聞きし、感服しました。あなたがケルベロスのリーダーだといまさらながら納得しました」

エレベーターホールで上階のボタンを押した呉明賜は、興奮気味に言った。エレベーターのドアがすぐに開き、呉明賜は柊真に先に乗るよう促した。

「やはり、私の素性《すじょう》を知っていたんですね。どうして分かったのですか?」

柊真はエレベーターに乗り込んで尋ねた。

「我々は四年前からあなたに注目していました。詳しくは私の執務室でお話しします」

呉明賜は五階でエレベーターを降りて、廊下の奥にある〝第一処長〟と記された部屋に柊真を招いた。

大きな執務机とソファーとテーブルがあり、テーブルには蛋餅《ダンピン》と呼ばれるクレープ風料理と小籠包《しょうろんぽう》、台湾粥《がゆ》、それにお茶とコーヒーが置かれている。会議が始まる前、部下に用意するように指示を出していたのだろう。

「まずは腹ごしらえをしませんか」

呉明賜はソファーを勧めると、自分も柊真の対面に座った。

「これは、ありがたい」

柊真は思わず両手を擦《こす》り合わせてソファーに座った。

「食べながらお聞きください。私も失礼かとは存じますが、食事をしながらお話しします。極秘情報も口にするかもしれませんが、忘れてください」

呉明賜は極秘情報を口にするために、あえて柊真と会食する体《てい》をとったのだろう。食事なら、局内にある食堂でもできたはずだ。

「我々安全局は国内外に諜報網を築いております。特に中国の政治や軍組織に深く入り込んでいます。もっとも、大陸の工作員も我が国に大勢潜伏していますのでお互い様ですが。今回、あなたを空港から密《ひそ》かに連れ出したのは、敵側にあなたの存在を知られないためでした」

呉明賜は一息つくと、台湾粥をスプーンで口に運んだ。

「なるほど」

柊真は簡単な相槌《あいづち》を打ち、切り分けられている蛋餅を箸《はし》でつまんで口にした。卵焼きをクレープのような生地《きじ》で包んだ料理で、台湾の定番の朝ごはんの一つである。

会議室では時系列に沿って説明したが、改めて考えると、今回のハイジャック事件はテロリストの仕業《しわざ》と見せかけた中国による台北攻撃と見た方が素直な解釈だと思える。実行犯はイスラム系のテロリストだったが、彼らはＩＳＩＳによるハイジャックに見せかけるための囮《デコイ》だったに違いない。

「冷たい狂犬というコードネームを持つ日本人の諜報員のことはご存知ですか？」

呉明賜は唐突に話題を変えてきた。

「噂《うわさ》は聞いたことはあります」

柊真はかなり驚いたものの、気取《けど》られないように二つ目の蛋餅を頬張《ほおば》った。

「中国や北朝鮮との諜報戦において、冷酷かつ残忍に任務を遂行するというので付けられたコードネームです。本名はもちろんいつも変装しているので、素顔も知られていません。十年近く前に引退したと聞いていたのですが、フリーのエージェントとして復帰していたようです。主にヨーロッパで活動しているようですが、四年前に中国国内で活動したことを我々は把握しております」

呉明賜は上目遣《うわめづか》いで柊真を見ている。反応を確かめているらしい。

四年前に柊真は夏樹と一緒に中国で活動している。夏樹の恩師で反体制派の影の実力者である梁羽《りょうう》という人物の消息が分からなくなった。そこで、柊真は捜索の助《すけ》っ人《と》を頼まれたのだ。中国で数日間活動しただけだが、中国の情報機関である中央統一戦線工作部所属の複数の工作員と銃撃戦になった。敵を殲滅《せんめつ》し、その痕跡《こんせき》も消して北朝鮮経由で脱出したのだ。

「その話が私と何の関係があるのですか？」

柊真はお粥をぱくつきながら尋ねた。腹が減っているのは事実なので、今のうちに腹ごしらえをしようと思っているのだ。

「面白い話がありまして、その時、冷たい狂犬と行動を共にしていたのは国家安全部第二局王俊鉄《おうしゅんてつ》という工作員なのですが、あなたにそっくりなんですよ。王俊鉄は死亡したらしく、不思議なことに中国政府のあらゆる諜報機関から彼の情報が削除されていました。現在、彼の存在を知っているのは、逆に我々だけなんです」

呉明賜は食事の手を止めて話し続けた。王俊鉄は中国の工作員だったが、情報を得るために女性をなぶり殺しにする連続殺人鬼でもあった。柊真は女性が殺される現場に突入し、王俊鉄を殺害している。それを夏樹は利用し、王俊鉄の身分を柊真に使わせたのだ。

「他人の空似でしょう。それに、私が過去の任務をあなたに教えることは一切ない。これだけは言っておくが、私は日仏政府の極秘の仕事をすることもある。私を追及すれば、両国を敵に回す可能性があることも考慮に入れるべきだ。私は851便と台湾を救ったつもりだ。それとも私は台湾に何か害することをしたのか？」

柊真は表情もなく問い質《ただ》した。

「いえ、とんでもない。私の興味本位の話をして申し訳なかった。あなたのことは、敵対するどころか強力な味方だと認識しています」

呉明賜は慌てて首を左右に振った。

「分かってもらえれば、それでいい。それに私のパスポートの件だが、あれを偽造だと言うのか？」

柊真は逆に聞き返した。パスポート自体は本物と同じで、大使館に問い合わせても問題ないのだ。こちらが弱気になったらつけ込まれる。

「いえ。パスポートは本物です。……ただし、あなたが８５１便の墜落を防いだことは、すでに中国側に知られたと見ていいでしょう。しばらく出国を見合わせてください。ほとぼりが冷めるまで、我々が責任を持ってあなたをお守りします」

呉明賜は一瞬目を見開いたものの、強い調子で言った。柊真に反撃されるとは思っていなかったのだろう。

「気になることがあります。８５１便の貨物室から工作員が脱出した可能性があります。捜査はされていますか？」

柊真は食事を平らげて尋ねた。早食いは兵士としての心得である。

「あなたの話を聞いて、すぐに部下を手配しました。ただ、貨物室のハッチが開いた正確な時間と飛行機の位置を割り出すには、ブラックボックスの解析が必要になります。８５１便は他国の民間機なので、協力を要請するなど手続きが必要でしょう。やたらに海岸線を捜索しても意味はないと思います」

呉明賜は小さな溜息を吐いた。命じた以外は、何もできていないということなのだろう。台湾が政府の公式ルートでタイ政府に要請しても、中国を気にして拒否されるのは目に見えている。

「それなら、手伝えるかもしれない。すまないが、衛生福利部桃園醫院で一緒にいた女性に至急会わせてくれ。彼女に預けたものがあるんだ」

柊真はにやりとした。傭兵代理店にならハイジャックされてからの851便のすべての記録が残っているはずだ。

「分かりました。お送りしましょう」

呉明賜は半信半疑らしく、首を傾《かし》げながらも頷いた。

「捜査の手助けをしよう。だが、条件がある」

柊真は不敵に笑った。

4

午前七時二十五分。

柊真を乗せたベンツは、台湾桃園国際空港の敷地内にある五つ星の台北ノボテル桃園国際空港ホテルのエントランス前に停められた。

国家安全局が所有するマツダのSUV、CX-30を従えていた。護衛の四人の兵士が乗っているのだが、重装備では目立つので私服である。

柊真と呉明賜は、吹き抜けになっているエントランスに入ると、ダークスーツの男が表情もなく近付き、呉明賜に敬礼をした。

近くにいた白人の観光客が、敬礼した男を怪訝《けげん》そうに見つめている。マリアに付けられた黄龍《おうりゅう》という、呉明賜の部下だそうだ。851便ビジネスクラスの乗客は全員このホテルに収容されているらしい。ちなみにエコノミークラスの乗客は、空港近くの二つのシティーホテルに振り分けられたそうだ。

「ご苦労」

苦笑した呉明賜は、男に軽い敬礼を返した。五つ星ホテルだけに、軍隊式の挨拶は避けたかったのだろう。

「ヘルナンデス小姐《シャオジエ》は、レストラン〝ザ・スクエア〟で食事をされています」

黄龍は呉明賜に報告した。黄龍は、柊真らをロビー左側にあるビュッフェスタイルのレストランに案内した。「小姐」は女性に対する敬称である。

「すまないが、ラウンジでコーヒーでも飲んで待っていてくれるかな。彼女と一緒に朝食を摂る時間くらいあるだろう？」

柊真はレストランの出入口で、呉明賜らに言った。呉明賜はともかく、無粋な黄龍と一緒にレストランに入るのは避けたいのだ。

「安全のため、我々はここで待機します」

呉明賜は小さく頷くと、入口近くに立っていた従業員に身分証を提示して金を払った。「安全のため」とは表向きの理由で、柊真が逃げ出す可能性があるとでも思っているのだろう。

「ありがとう」

柊真は軽く頷き、レストランに入る。焼きたてのピザの香りに誘われて思わずオープンキッチンの前で足を止めたが、様々な料理やデザートが並べられたフードコーナーを抜けて客席があるフロアーに入った。ピザはオープンキッチン奥にあるレンガの窯《かま》で焼かれているので、これは食するべきだろう。だが、まずはマリアを探すことが先だ。

「誰を探しているの？」

不意に背後から声を掛けられた。振り返ると、マリアがケーキを載せた小皿を左手に持っている。テーブル席に座っていると思っていたので、デザートコーナーにいた彼女を見逃したらしい。

「デザートのケーキを食べようとしている女性だよ。一緒に朝食をと思ってね。遅かったかな」

彼女が持っている皿のケーキを見て、柊真は苦笑した。

「大丈夫よ。デザートで粘るつもりだったの」

マリアは笑みを浮かべ、右腕を柊真の左腕に絡ませようとしてすぐに離れた。彼女は柊真とどう接していいのか迷っているのだろう。人前でのスキンシップを嫌うと誤解されているのかもしれない。

「ピザが無性に食べたいんだ」

柊真はピザを出しているオープンキッチンを指差した。安全局での朝食があまりにもヘルシー志向だったので、柊真にはボリュームに欠けていたのだ。

「私も食べたかったけど、ダイエット中だから諦《あきら》めたの。石窯で焼いているらしいわよ」

マリアはケーキの皿を背中の後ろに隠して笑った。

「私もダイエット中だから、ケーキは食べないようにしている。席で待っていて」

柊真はわざと真面目な顔で言って、笑った。

「飲み物はコーヒーでいい？」

マリアも笑いながら尋ねてきた。

「ありがとう」

柊真はさきほどのオープンキッチンの前に立った。ピザだけでなく、パエリアやフライドポテトも置いてある。焼きたての一五インチ（四〇センチ）ホールのシーフードピザが八枚にカットされて大皿に載せられており、近くにトングと小皿も置かれている。柊真は面倒なので大皿ごと取って、マリアがいるテーブル席に座った。

「私は……」

マリアは呆気《あっけ》に取られている。自分の分もあるのかと思っているのだろう。

「一人分だよ」

柊真はそう言うと、一枚目を二口で頬張る。そもそも、昨日から体力を使っているので、朝食のお粥は焼石に水だった。間髪《かんはつ》容《い》れずに四枚食べて、半分減らした。

「美味《お》しい？」

マリアが首を捻《ひね》りながら尋ねた。

「腹が空《す》いてたんだ。これから味わうよ」

柊真は苦笑いした。聞かれて気が付いたが、よく嚙《か》んでいないので味が分からない。ただ、まずくないことは確かである。マリアが用意してくれたコーヒーを一口飲んで、五枚目をゆっくりと味わった。

「なかなかうまいよ、このピザ。ナポリのペスカトーレに似ているけど、それよりはあっさりとしている。欲を言えば、もっと焦げ目がでるくらいよく焼いて欲しいな」

柊真は小さく頷きながら答えた。紛争地では贅沢《ぜいたく》は言わず何でも食べるが、意外と味は分かる方だと自負している。それに海外生活も長いため、本場イタリアのピザの味も知っていた。

「本当においしそうに食べるわね」

マリアが肘《ひじ》をテーブルにつき、顎《あご》を掌《てのひら》に乗せてピザをじっと見ている。

「……食べる？」

六枚目のピザに手を伸ばしかけた柊真は、慌てて勧めた。

「一枚でいいわよ。普通の人はそんなに沢山《たくさん》食べないから」

マリアは苦笑を浮かべ、ピザを自分の皿に移し、端から品よく食べた。

「そう……」

柊真は眉をぴくりとさせ、七枚目のピザを手にした。マリアの肩越し、数メートル離れた席に座る鋭い目付きをした男と目が合ったのだ。おそらく呉明賜の部下だろう。彼が素直にレストランの出入口で待つことを受け入れたのは、レストラン内に部下を配置していたからに違いない。

「どうしたの？　何か変なものが入っていた？」

マリアが柊真の表情の微妙な変化に気付いたらしく、首を傾げた。

「何でもない。気になることを思い出しただけだよ」

柊真は笑顔で答えた。

5

午前八時五十五分。市谷、傭兵代理店。

スタッフルームの一〇〇インチメインディスプレーに、CGで再現されたアジアン航空851便が飛行している映像が映し出されている。

「どうですか？　柊真さんに報告できそうですか？」

メインディスプレーの前で腕組みしている池谷は、振り返って友恵に尋ねた。

五分ほど前に851便から脱出した犯人を捜索するために情報が欲しいと、柊真から連絡があったのだ。

友恵は851便が無事に緊急着陸した直後から、自主的に調査していた。飛行時の851便の計器類は代理店のコンピュータと同期しており、当然のことながら飛行データも記録されていたのだ。わざわざ851便のブラックボックスを解析するまでもなかった。

「映像は〝アレス〟に851便のパラメーターを読み込ませて作成しました。これから、851便の音声データも一緒に流しますので、ご自分の目で確認してください」

友恵は表情もなく言った。アレスは友恵が作ったAIで、当初海外の情報をリアルタイムで翻訳させるため、言語に特化させていた。最近は傭兵のサポートができるように学習範囲を広げて汎用《はんよう》性を高め、シミュレーションなどもできるまで進化している。彼女は、最終的にアレスがTC2Iのコントロールもできるようにするつもりなのだ。

「アレス、始めて」

友恵は呟《つぶや》くように言った。音声はスタッフルームにあるすべてのモニターに内蔵されているマイクで拾えるので、どこからでもアレスにアクセスできた。

――0229。スタート。

アレスが開始時間を自ら言った。現地時間の午前二時二十九分の情報からスタートさせるのだ。

――副機長のハディです。これより当機は、台湾桃園国際空港に緊急着陸します。客室乗務員の指示に従い、お客様は席に着いてシートベルトをしてください。

ハディの機内アナウンスである。

同時に一〇〇インチメインディスプレーが三分割されて、上半分にCGの851便が夜空を飛んでいる状態を示す。下段左はコックピットの映像で、下段右は台北の地図上に851便の位置情報が表示されている。

コックピットの映像で、シートベルトのサインを出すボタンが押された。

機体は左旋回に入る。高度はすでに一万フィートを切っていた。

――うん？

柊真の音声。同時に貨物室のハッチの警告ランプ。

――貨物室のハッチの警告ランプだ。おかしい。サイドスティックが動かない！　勝手に動いている。

ハディの悲痛な音声データである。

――メイデイ、メイデイ！　８５１のコントロール不能！

柊真がすぐに緊急連絡をした。

「アレス、止めて。貨物室のハッチが開いた時の情報を教えて」

――貨物室のハッチが開いた時刻は、〇二二九、三十二秒。北緯二四・九六六度、東経一二一・〇一〇度、高度九八〇〇フィート。風向きは二六〇度方角から六ノットです。

アレスは友恵の質問に間髪を容れずに答えた。

「素晴らしい。ビジュアルで確認できるので分かりやすいですね」

池谷が手を叩《たた》いて喜んでいる。

「貨物室のハッチが見えるようにしてくれる？」

足を組んだ友恵は、池谷を無視してアレスに要求した。

すぐさま映像はＣＧの８５１便の右翼側に変わる。

「この時、ハッチから誰かがパラシュート降下したと考えて、着陸地点はどこか分かる？」

――パラメーターが足りませんので、答えられません。

「まあ、そうよね。それじゃ、中国人男性の平均身長と体重、パラシュートは、ゾディアック・エアロスペース社製の売れ筋。降下開始はハッチが開いた三十秒後。これで問題ないでしょう？」

苦笑した友恵は適当に答えた。中国人としたのは、ハイジャックを中国の偽装攻撃だと考えたからだ。

――高度九八〇〇フィートから降下した場合、パラシューティスト（降下者）はいつパラシュートを開くのでしょうか？　また、パラシューティストはトグルを使いませんか？

アレスは次々と質問を並べた。

九八〇〇フィートは約二九八七メートルである。高度が高いほど風の影響を受けやすいからだろう。また、トグルはパラシュートをコントロールするための輪っかで、右のトグルを引くとパラシュートは右に曲がり、左を引くと左に曲がる。そのため、トグルを使えば着地点が大幅に変わるため、算定することはできないと言いたいようだ。

「そうね。オープンのタイミングは、高度二〇〇〇メートル、一五〇〇メートル、一〇〇〇メートルの三パターンでいいでしょう。それにトグルは使わない。その代わり、着地予想地点を中心に半径三〇〇メートルを表示してくれる？」

友恵は頭を掻きながら言った。

――中国は五年ごとに資料を公開しますので、最新は二〇二二年のデータです。男性の平均身長は一七五センチ、体重は六九・二キロ、ゾディアック・エアロスペース社製のパラシュートはＭＭＳ３５０でよろしいですね。パラシュートオープン高度は二〇〇〇メートル、一五〇〇メートル、一〇〇〇メートルの三パターンで計算します。

アレスは抑揚のない声で言った。

「それでいいわ」

友恵は苛立ち気味に答えた。

――結果をメインディスプレーに表示します。

数秒後に一〇〇インチディスプレーに三箇所の着地点が表示された。

「麻衣、柊真さんにデータを送って」

友恵は表示された結果を見ながら指示した。

6

午前八時五分。台北ノボテル桃園国際空港ホテル。レストラン、ザ・スクエア。

柊真はピザを平らげた後で山盛りのサラダを食べ、二杯目のコーヒーを飲んでいた。サラダを食べる前にマリアからスマートフォンを返してもらい、交換というわけではないが、彼女のスマートフォンを渡している。呉明賜に頼み、特別に柊真のプライベート用スマートフォンと一緒に返却してもらったのだ。

テロリストに取り上げられた乗客のスマートフォンは、国家安全局が証拠品として管理していた。すべてのスマートフォンを検査して所有者を特定し、テロリストが持っていたスマートフォンとの通話記録がないかまで調べ上げているようだ。他の乗客には一人一人、聞き取り調査をした後で返すことになっているらしい。

マリアは他の乗客よりも遅れてホテルに到着したが、チェックイン前に入国手続きは済ませたそうだ。柊真も国家安全局で入国手続きを終えているので、二人ともいつでも出国できる。

傭兵代理店には五分ほど前に、８５１便から脱出した犯人の情報が欲しいとメールを送っていた。国家安全局に協力する義理はないが、代理店から得られた情報と交換に出国の便宜を図ってもらうつもりである。

「いつもは、どんな食事をしているの？」

マリアは大皿のサラダを平らげた柊真を見て笑っている。

「糖質は控えて鶏の胸肉やラム肉や牛の赤身肉、それにブロッコリーなどの野菜も一緒に食べている」

柊真は正直に答えた。

「低カロリー高タンパク、それにビタミンね。プロアスリートみたい。というか軍人だからなの？」

マリアは柊真をじっと見つめて尋ねた。その瞳は透き通るような薄いブラウンで、前髪に控え目なブラウンのメッシュが入った黒髪は、おしゃれで知的な感じがする。どこかで見たことがあるという気がしていたが、スペイン系キューバ人の女優アナ・デ・アルマスに似ているのだ。丸顔の彼女の顔を少し面長《おもなが》にすると、マリアの顔に重なる。

「聞いてる？」

首を傾げたマリアが身を乗り出して尋ねてきた。彼女の瞳を見ているうちにフリーズしていたらしい。

「ああ、聞いているよ。たまにピザとかハンバーガーも食べるよ」

柊真は慌てて答えた。

「不思議な人。テロリストには冷静に立ち向かった癖に、普段は子供みたい」

マリアは屈託《くったく》なく笑った。

「よく言われるよ。私のことより、君のことを聞かせてほしい。スペイン人でパリに住んでいる外科医ということしか知らないからね」

苦笑した柊真は、話題を振った。

「その前に電話番号とメールを交換しない？」

マリアは自分のスマートフォンを手にした。

「そうだね」

柊真はプライベートで使うスマートフォンを出し、彼女と電話番号とメールの交換をした。

マリアが悪戯《いたずら》っぽい顔になり、柊真に電話を掛けてきた。

「嬉《うれ》しい」

柊真は右眉を僅《わず》かに上げた。彼女の電話番号を確認した柊真が着信を切ろうとすると、絶妙のタイミングで傭兵代理店からメールが届いたのだ。

「……！」

「えっ」

メールを見た柊真は両眼を見開いた。ほんの五、六分前に、傭兵代理店に851便から脱出した犯人の手掛かりがあればとメールを送ったばかりである。にもかかわらず、もう調査結果が送られてきたのだ。

「どうしたの？」

マリアが心配そうな顔をしている。

「犯人に関する情報が入ったんだ。ちょっと席を外すよ。君はどうするの？」

柊真は溜息を殺して答えた。

「まだ分からないわ。航空会社から臨時便を出すと聞いているけど、あなたさえよければ、一緒に出国したい。約束したでしょう？」

マリアはわざと柊真を睨《にら》んだ。

「覚えている。だが、状況が変わったんだ。ハイジャックを阻止したことで、テロ組織に命を狙われているらしい。君を危険な目に遭わせたくないんだ。君は予定通りペナン島に行ってくれ。必ず会いに行くよ」

柊真は周囲を見回して答えた。さきほど目が合った目付きの鋭い男はいつの間にか姿が見えない。密かに護衛についていたにもかかわらず、柊真に見つかって気まずくなったのだろう。

「でも、今日ぐらいは一緒にいたい」

マリアは柊真の右手を両手で握った。その目は怯《おび》えているようだ。気丈に振る舞っていたが、恐ろしい体験で精神が不安定になっているのかもしれない。ハイジャックされた機内は、一般の乗客にとっていきなり戦場に立たされたようなものだったのだろう。彼女にはカウンセリングが必要である。

「……分かった。とりあえず、台湾当局と連絡をとらなければならない。ここで待っていて欲しい。すぐ戻ってくるよ」

柊真は左手で優しくマリアの手を叩き、彼女の頬にキスをした。

「ありがとう」

マリアの頬を涙が伝った。

柊真は彼女の頬の涙を掌で拭《ぬぐ》うと、席を離れた。

「ミスター・タケベ」

フードコーナーでパンを載せた皿を手にした呉明賜が声を掛けてきた。待ちくたびれて食事をすることにしたのだろう。

「あくまでも予測の範囲だが、犯人の着地点が分かった」

周囲に客はいないが、柊真は声を潜《ひそ》めて言った。

「本当ですか！」

呉明賜は皿からパンを落としそうになる。よほど驚いたようだ。

「これを見てください」

柊真は友恵から送られてきた映像データを再生させた。傭兵代理店の一〇〇インチディスプレーで再生されたものと同じで、三分割してある。また、コックピットの音声データも付けられていた。

「なっ！」

呉明賜は両眼を見開き、柊真のスマートフォンを摑《つか》んで映像を食い入るように見つめた。映像は貨物室のハッチが開いたところで終わり、着地点の予想図が最後に地図上に表示され、それぞれパラシュートを開いた高度の説明が英語で添付されている。

「データは差し上げます。ここに行っても犯人はもういないと思いますが、何か痕跡ぐらいは見つかるかもしれませんね」

柊真は呉明賜からスマートフォンを取り上げて言った。

「一体、どこから手に入れたんですか？」

呉明賜はかなり動揺しているようだ。

「私を支援する秘密組織です」

柊真は謎めいた言い方で返した。というより話せないのだ。

「秘密組織……」

呉明賜は首を傾げたが、問いただすことはなかった。柊真がただの傭兵でないことは分かっているからだろう。

「捜査協力はここまでだ。出国の手配をして欲しい」

柊真は強気に出た。

「了解しました。とりあえず、当方でこのホテルに部屋を取り、あなたの荷物をこちらに取り寄せます。同時に正式な手続きができるように手配しましょう。出国は明日以降になると思います」

呉明賜はあっさりと引き受けた。もっとも「明日以降」というのは、柊真をまだまだ利用するつもりなのかもしれない。

柊真は呉明賜のスマートフォンに傭兵代理店から送られてきたデータを転送すると、マリアの元に戻った。だが、彼女がいたテーブル席にその姿はない。トイレに行ったのかもしれない。

椅子に座って飲みかけのコーヒーカップに手を伸ばした。

「うん？」

柊真は首を傾げた。彼女が飲んでいたコーヒーカップの下に紙ナプキンが挟み込んであるのだ。

「何！」

紙ナプキンを広げた柊真は、険《けわ》しい表情で立ち上がった。〝In custody〟と書かれている。「保管中」という意味もあるが「拘留中《こうりゅう》」とも訳せる。拉致《らち》したということだろう。

「くそっ」

柊真は紙ナプキンを握りしめた。

狙われた傭兵

1

六月十日、午前八時三十五分。台北ノボテル桃園国際空港ホテル。

柊真はホテルの警備室で、監視カメラの映像を見ていた。

マリアが拉致《らち》された可能性が高いと呉明賜に訴え、ホテルに詰めていた彼の三人の部下と一緒にレストランとホテル周辺を捜した。だが、彼女の姿を見つけることはできず、監視映像で確認しているのだ。

また、柊真がレストラン内で見た目付きの鋭い男だが、呉明賜からは部下ではないと言われている。

「08：10：10にウェイトレスが、彼女に接触している」

柊真は監視映像のタイムコードを見て英語で言った。

午前八時十分にウェイトレスが、コーヒーを飲んでいるマリアに何か紙を渡している。メモらしく、それを見たマリアは席を離れた。方向からしてトイレに向かったのだろう。そのウェイトレスは、彼女が飲んでいたコーヒーカップの下に紙ナプキンを挟み込んだ。

「この女性をすぐに呼んできてくれ」

一緒に映像を見ていた呉明賜は、傍《そば》に立つホテルマネージャーに伝えた。

「了解しました」

マネージャーは内線電話で、「葵美美《きびび》」を呼び出すように指示を出した。映像に映っていたウェイトレスらしい。

傍に立っていた呉明賜の部下である黄龍が、無言で警備室を出て行った。ホテルの従業員に任せるのではなく、ウェイトレスの確保に向かったのだろう。

「トイレ近くに監視カメラはありませんか?」

柊真は監視カメラの映像をコントロールしている張《ちょう》という警備員に英語で尋ねると、呉明賜が台湾語に通訳した。

「トイレはプライベート空間なので、カメラはありませんよ」

張は当然とばかりに苦笑いをした。

「それなら、トイレの近くにホテルの外に通じている出入口はありませんか?」

柊真は映像の奥の方を指差した。少なくともマリアはレストランの正面出入口からは出ていない。それ以外の場所から消えたのだ。

「スタッフ専用の通路があるにはありますが……」

呉明賜の通訳に張は首を傾《かし》げた。

「どういうことですか？」

柊真は首を傾げた。

「スタッフ用の通路から外へ出るには、セキュリティカードが必要です。お客様は出られませんよ」

張は首を大きく横に振った。

「そこに連れて行ってもらえますか？」

柊真はレストランのマネージャーに直接言った。

「了解しました」

マネージャーは即答した。五つ星のホテルだけあって、ほとんどの従業員は英語が問題なく通じるらしい。

柊真はマネージャーに案内されてレストラン奥のスタッフ用通路に入った。通路のすぐ左手にロッカールームとスタッフ専用のトイレがある。その数メートル先にセキュリティロックがされている出入口があった。

「このドアから出入りするには、セキュリティカードが必要になります」

レストランのマネージャーは、ドアノブを回して開かないことを証明すると、自分のセキュリティカードをスキャナーに翳《かざ》してドアを開けてみせた。ドアの外には通路があり、ホテルの裏側に出られるようだ。

「トイレ、調べていいですか？」

柊真は返事を待たずに廊下を戻って男子トイレに入った。

小便用便器の他に二つの個室がある。

柊真は二つの個室のドアを開けて確認し、掃除道具入れのドアも開けて中を調べた。

「一度、警備室に戻りましょう。ホテル中の監視カメラを調べれば、どこかに映っていますよ」

呉明賜はレストラン側の出入口に右手を向けた。そのドアが勢いよく開き、黄龍がただならぬ様子で走り込んできた。

「どうした？」

呉明賜は黄龍に尋ねた。

「葵美美がどこにもいません」

黄龍は息を切らしながら答えた。

「……待てよ」

柊真ははっとすると、女子トイレに駆け込んだ。個室が四つある。ドアを一つずつ開け、無人だと確認すると、掃除道具入れを開けた。

「なっ！」

柊真は眉《まゆ》を吊《つ》り上げた。ウェイトレスがガムテープで縛り上げられている。葵美美に違いない。

「しっかりしろ」

柊真は急いで彼女の口元のテープを取り除いた。完全に気を失っている。というか、呼吸をしていないのだ。すぐさま彼女を抱《かか》き抱えて、廊下の床に寝かせた。

「救急車を呼べ！　ＡＥＤはないのか！」

大声で叫ぶと、柊真は彼女の気道を確保した。人工呼吸を行うのだ。戦場で何度も瀕死《ひんし》の兵士に行った。ほとんどは致命的な怪我《けが》のために助けられなかったが、中には生還した兵士もいる。

「息をしろ、葵美美！」

マウストゥマウスを数度行った後に、呼びかけながら胸骨圧迫を行う。

「ＡＥＤです」

女性従業員がＡＥＤを提《さ》げて走ってきた。

「彼女の頭の横に置いて、カバーを外してくれ」

柊真は胸骨圧迫を続けながら言った。

「お手伝いします」

女性従業員は指示通りにすると、電極パッドのシートを剝《は》がした。AEDの訓練を受けているようだ。

「ありがとう」

柊真はウェイトレスのシャツのボタンを外すと、電極パッドの一つを右胸の上部に、もう一方を左脇腹に貼り付けた。従業員は電極パッドのコネクターを本体に接続する。

「下がってくれ」

念のために周囲の従業員らを下げると、柊真はAEDのスイッチを押した。

——電気ショックが必要です。離れてください。チャージ中……チャージ完了。三秒後、電気ショックを行います。

自動で葵美美の心電図を調べたAEDが音声で案内すると、三秒のカウントダウン後に電気ショックが行われた。

——心肺蘇生を続けてください。

柊真はすぐさまマウストゥマウスと胸骨圧迫を続けた。

——電気ショックが必要です。三秒後、電気ショックを行います。離れてください。

AEDが指示し、三秒後、再び電気ショックが行われる。

「うう……」

葵美美が息を吹き返した後、咳《せ》き込んだ。

「後は頼んだよ」

柊真は傍の女性従業員に言うと、立ち上がった。

「私は勘違いしていたようだ」

一部始終を見ていた呉明賜が小声で言った。

「勘違い？」

柊真は歩きながら聞き返した。

「正直言って傭兵特殊部隊のリーダーだから、戦闘が好きな冷徹な人物だと思っていたんです」

呉明賜は苦笑を浮かべて言った。人を殺すのを何とも思っていない人間だと思っていたのだろう。

「闘うのは、いつも最悪の場合に限る」

柊真は表情もなく言った。

2

午後二時四十分。台北ノボテル桃園国際空港ホテル。

柊真は呉明賜が手配してくれた八階の部屋の窓際《まどぎわ》に置かれた椅子《いす》に座っていた。スマートフォンで台湾のあらゆる情報に目を通しているが、藁《わら》にも縋《すが》る気持ちで、闇雲に調べているに過ぎない。

昨日から一睡もしていないが、眠る気になれない。ホテル内と周辺を徹底的に捜索したが、何の痕跡《こんせき》も見つけられなかった。また、警備室に戻って監視カメラの映像を徹底的に調べたが、マリアが席を立った後、どの映像にも彼女と目付きの鋭い男は映っていなかったのだ。

ただ、午前八時十四分にスタッフ専用出入口の監視映像がジャミングされたらしく、三十秒ほど画像が乱れていた。その間にマリアは連れ去られたと思われる。

女子トイレで発見された葵美美は、病院に搬送された。黄龍は病室で彼女の尋問を行っている。発見時、彼女のセキュリティカードがなくなっていたので、犯人が持ち去ったのだろう。

葵美美は目付きの鋭いスーツ姿の男から、言う通りにしなければ殺すと脅されたそうだ。彼女は、命じられた通りにマリアにメモを渡した後、テーブルのコーヒーカップの下に紙ナプキンを挟んでスタッフ用通路に戻ったが、その後の記憶がないらしい。

後頭部に怪我をしていたらしいので、殴られて記憶を失ったのだろう。ガムテープで縛られてロッカーに閉じ込められたのだが、すぐに目覚めてパニックを起こし、呼吸困難になったようだ。柊真の発見が少しでも遅れていたら死んでいただろう。

彼女の証言に出てくる目付きが鋭い男は、柊真が目撃した男と同じなのだろう。だが、たった一人でマリアを拉致し、葵美美をロッカーに閉じ込めたとは思えないので、他に協力者がいたはずだ。

「相談してみるか」

柊真は任務用のスマートフォンを手にした。友恵をはじめ傭兵代理店のスタッフなら何か手掛かりを見つけてくれるかもしれない。だが、いつも頼ってばかりではいけないと、二の足を踏んでいたのだ。

ポケットに収めている個人用のスマートフォンが反応した。画面を見ると、登録したばかりのマリアの電話番号からである。

「アロー！」

柊真は慌てて電話にフランス語で出た。

――ハヤト・タケベだな。おまえは、何者だ？

相手は英語で唐突に話した。ドスが利《き》いた男の声である。

「おまえこそ、誰だ？」

柊真も低い声で聞き返した。

――私か。そうだな。エイトと呼んでくれ。おまえ一人で五人のテロリストと闘ったらしいな。随分と活躍したようだが、偶然乗り合わせたのか？　我々の計画を事前に知っていたとは思えない。

確証はないが、男は中国人なのだろう。8という数字は、縁起を担《かつ》ぐ中国人には大人気で、ナンバープレートや電話番号にも使いたがるからだ。ハイジャック事件の情報は国家安全局が箝口令《かんこうれい》を出したため外部に漏《も》れていないはずだが、エイトはある程度知っている口ぶりである。

「851便には、スカイマーシャルが乗っていたんだ。彼が対処した」

柊真は探《さぐ》りを入れるために嘘《うそ》をついた。

——スファナット・ムエアンタのことを言っているのか？　あの男はハイジャックの最初の犠牲者だ。何もできなかった。指先を動かすことさえもな。私はおまえがたった一人で五人のテロリストを倒したのを見ているんだ。日本の特殊部隊の隊員か？

エイトは得意げに話した。

「貴様、ハイジャック犯の一味だな。だが、どうして機内のことを知っているんだ？」

柊真は眉間《みけん》に皺《しわ》を寄せた。五人のハイジャック犯と自殺していた男の他に、七人目の犯人が乗客に紛《まぎ》れていたとでもいうのだろうか。

——観察者を残してきたからだ。

エイトは掠《かす》れた声で笑った。

「観察者？……ひょっとして、自殺した郭昌征のことか？」

一瞬考えたが、「残した」という言葉で柊真の脳裏にトイレで死亡していた郭昌征の姿が浮かんだ。

――そうだ。あの男は機内の映像をつぶさに私に流していた。だから知っているのだ。エイトは少しずつ情報を教え、柊真がどこまで関わっているのか探っているのかもしれない。

「郭昌征は黒縁《くろぶち》の眼鏡《めがね》を掛けていたが、そういうことか。貨物ハッチから脱出したのは、おまえだな」

柊真は鼻先で笑った。郭昌征の眼鏡に小型カメラと通信機能が内蔵されていたのだろう。だが、地上で受け取れるほど高性能な通信機能を内蔵するには無理がある。唯一生き残った犯人が、貨物室で機内の映像を受け取っていたに違いない。貨物室では機内の状況が分からないために、郭昌征が犯人の目と耳になっていたのだろう。

――私の脱出方法も知っているというのか？　おまえが郭昌征の仕事を邪魔したんだな！

エイトは声を荒らげた。貨物室の犯人が脱出したのは一回目の着陸を試みた直前だ。エイトがその犯人なら、脱出後の情報を得られなかったのも納得できる。

「テロが仕事だと？　ふざけるな、ただの犯罪だ！」

柊真は吐き捨てるように言った。

郭昌征はエイトに代わって五人のテロリストを監視し、彼らが失敗した場合は、自らの命と引き換えに爆弾を起動させる計画だったに違いない。エイトに絶対的な忠誠を誓っていたか、弱みを握られていたかのどちらかだろう。

——おまえのせいで任務が失敗した。その責任を取ってもらう。

エイトは低い声で言った。

「彼女を拉致したのはおまえだろう。すぐ帰すのなら見逃してやる」

柊真はあえて強気に出た。

——いいのか、そんな偉そうに振る舞って。おまえの態度次第で、彼女の命運は決まるんだぞ。私は彼女の命など興味はないがな。

エイトの息遣《いきづか》いが聞こえた。笑っているようだ。

「彼女は無事なのか？　証拠を見せろ！」

——大事な切り札だ。丁重に扱っている。

スマートフォンに着信音がした。ムービーデータが送られてきたらしい。開けると、椅子に縛り付けられたマリアであった。タイムコードは数秒前になっている。

「貴様！」

柊真は眉間に皺を寄せた。

——彼女を無事に取り戻したいのなら、私の代わりに任務を遂行しろ。

マリアは851便で柊真の隣りの席だった。しかも、柊真が運ばれた救急車に友人として乗り込んでいる。エイトが柊真とマリアが付き合っていると勘違いしても仕方がないだろう。

「何を馬鹿なことを言っている。851便はもう着陸しているんだぞ。別の航空便をハイジャックして台北の街を破壊しろとでもいうのか？」

苦笑した柊真は首を左右に振った。

——ハイジャックは台北の街を破壊するためだったと思っているのか？　それも目的の一つだったがな。もし成功していれば、ＩＳＩＳが声明を出す予定だった。しかし真の狙いは裏切り者の暗殺だ。

「裏切り者？　暗殺を偽装するのにハイジャックをしたと言うのか」

——ある人物がテロに巻き込まれたという筋書きにしたかった。しかも、テロで台北が大惨事になれば喜ぶ人物がいる。一石二鳥、しかも主犯はＩＳＩＳだ。

エイトは人質を取っているためか、あっさりと白状した。「台北が大惨事になれば、喜ぶ人物」というのは、中国の主席クラスの大物政治家のことだろう。大物政治家に忖度《そんたく》するというのは、中国の官僚や幹部軍人ではよくあることである。

自慢げに話しているのは、柊真に自分の計画を認めさせたいのだろう。ナルシストで冷酷な男に違いない。

「たった一人の暗殺のために何百人もの命を犠牲にするのか。クレイジーだ」

柊真は舌打ちをした。

――テロリストを簡単に殺害したおまえに言われたくはない。スペイン女を解放する条件を言う。ビジネスクラスに陳暁雪《ちんぎようせつ》と、その付き添い人の孫琳《そんりん》という女が乗っていた。陳暁雪を殺せば、おまえの彼女を解放してやる。二人ともおまえと同じホテルに宿泊しているはずだ。いたって簡単な作業だろう？

「どうやって殺せと言うのだ？」

柊真は肩を竦《すく》めた。

――計画はおまえのスマートフォンに送る。勝手に殺すなよ。暗殺と悟られては困るからな。

「面倒だ。自分でやればいいだろう」

――それができるならおまえを使ったりしない。おまえなら人を殺すことはなんでもないはずだ。成功すれば、彼女を解放するだけでなく、報酬も出そう。

「分かった。手伝うから彼女に手を出すな。報酬も忘れるなよ」

柊真は報酬に反応したかのように返事をした。人質をとりながらエイトが報酬を持ち出したのは、金に執着心があるからだろう。そのため、こちらも金に興味があるように見せたのだ。

――やる気になったようだな。いいだろう。また連絡する。他人に話せば、彼女は死ぬ。おまえを監視しているからな。それからスマートフォンの電源は切るなよ。

エイトは満足したようだ。報酬にこだわったことで信じたらしい。

「マリアに手を出せば、殺すぞ」

柊真が凄《すご》むと通話は切れた。

「くそっ！」

舌打ちをした柊真は立ち上がって、握りしめたスマートフォンを見つめた。

目付きが鋭い男がレストランにいたのは、ビジネスクラスの客は全員、台北ノボテル桃園国際空港ホテルに移送されたことを知っていたからだろう。「スマートフォンの電源は切るな」と言ってきたのはマリアのスマートフォンで柊真の位置情報を得ているからに違いない。マリアに会ったのは自分のスマートフォンを返してもらうためでもあったが、彼女を危険に晒《さら》す迂闊《うかつ》な行動だったようだ。

個人用スマートフォンにショートメールが入ってきた。二人の女性の顔写真が貼り付けられている。一人は二十代、もう一人は三十代で、二十代の方の写真の下にターゲットと記されているので、陳暁雪と彼女の付き人だろう。

「仕方がない」

柊真は傭兵代理店に暗号メールを送った。

3

午後三時四十八分。市谷、傭兵代理店。

友恵はスタッフルームの隣りの自室で、TC2Iプログラムの修正をしている。彼女にとってプログラムを扱うのは、仕事ではあるが趣味でもあった。BGMは、「鍵盤《けんばん》の皇帝」の異名《いみょう》をとったオスカー・ピーターソンのピアノ演奏である。

プログラムに取り組んでいる時は、ヘッドホンでヘビメタを聴くのが以前のスタイルであった。だが、最近はジャズピアノを聴くようにしている。麻衣と仁美にヘビメタに乗って仕事をする姿を見られることに抵抗を感じるようになってきたからだ。それにアップテンポなジャズは、意外とノリがよくて気に入っている。

モニターの右上にメールを受信したという小さなポップアップウィンドウが開く。

ウィンドウをクリックすると、右のサブモニターに柊真からの暗号メールが表示された。

「どういうこと？」

友恵はメールの内容を見て首を傾げた。

06からはじまる電話番号を持つスマートフォンの位置情報を至急調べてほしいというものだ。それだけならともかく、午前八時十分前後に台北ノボテル桃園国際空港ホテルのレストラン、ザ・スクエアにいた目付きの鋭い男を見つけ出してほしいという漠然とした要望である。

メールに記載されている電話番号は、柊真の個人用スマートフォンと同じでフランスの携帯電話番号らしい。台湾で使われているのならデータローミングをオンにしているのだろう。

友恵はすぐさま位置情報を捜索する特殊なアプリに電話番号を打ち込んだ。電話番号で位置情報を知らせる民間のサービスはあるが、彼女の制作したアプリは、世界中の電話番号が検索できる。さらに内容までは分からないが、他の電話番号宛にショートメールを送った記録も調べられる。

「電源が切られているのね。それじゃ、通話記録を調べてみるか」

友恵はすぐさま台湾の電話局である中華電信サービスセンターのサーバーをハッキングした。スマートフォンの電源が切られていては、アプリでは検索できない。

「ふうむ」

通話記録を見た友恵は首を傾げた。依頼された電話番号の通話記録は三件ある。そのうちの一つが、午前八時八分に柊真のスマートフォンと二秒だけ通じているのだ。その次は、午前八時九分、スペインの携帯電話番号にショートメールを送っている。

三番目は午前十時十七分に再び柊真のスマートフォンに電話を掛けていた。友恵は最後の通話記録から、周辺の基地局を探った。モバイルネットワークの送信塔の位置から三角測量の要領で位置を割り出すのだ。

「いまいちね」

友恵は小さく首を振った。表示されたのは半径一〇〇メートルほどのエリアなのだ。

「最初からセルタワーを調べるべきだった」

舌打ちをした友恵は、サーバー経由でセルタワー（通信セルサイト）をハッキングして侵入した。セルタワーは、携帯電話、タブレットなどのデバイスに接続を提供する巨大なアンテナである。そのため、複数の送信塔を使って三角測量をするよりも、正確な位置情報を得ることができるのだ。

送信塔を使って自動で位置を特定するアプリを使う方が操作は簡単で、新たにハッキングする手間もないのでつい先に使ってしまう。

「ここは……」

場所を特定した友恵は肩を竦め、柊真に位置情報だけメールした。

午後二時五十四分。台北ノボテル桃園国際空港ホテル。

「おっ」

柊真は左手の傭兵代理店のスマートフォンが振動したので思わず声を上げた。数分前に友恵にメールを送った返事が来たらしいのだ。

「……市立動物園企鵝館《ペンギン》？」

頭を掻《か》いた柊真は、地図アプリで台北市立動物園を表示させた。

ホテルから直線距離で三八キロ、地図アプリ上で車を使った場合の走行距離は約六一キロ、車なら所要時間は五十分、公共交通機関なら二時間は掛かると表示された。

鋭い目付きの男も捜してほしいと頼んであるが、手掛かりがないのでさすがに友恵でも見つけ出すことは不可能だと諦《あきら》めている。男はともかく、彼女の居場所さえ分かればいいのだ。

「足がいるな」

柊真はスマートフォンで近くのレンタカーショップを探した。呉明賜を出し抜き、レンタカーを借りるつもりだ。エイトが約束を守るとは思えない。それに、殺人という交換条件を受けられるはずがないのだ。エイトに動きを悟られずにマリアを救出するつもりである。

個人のスマートフォンに電話が掛かってきた。

――ターゲットの出国スケジュールが決まった。

エイトはいきなり話し始めた。マリアの件で柊真がまだ誰とも接触していないという自信があるのだろう。

「随分と早いな。急がなくてもいいだろう」

柊真はスマートフォンをスピーカーモードにし、テーブルの上に置いた。のんびりとした口調とは裏腹にすぐに出かけられるように準備をするのだ。

――そうはいかないんだよ。今、クルーズ中の豪華客船プラチナ・クイーン号が基隆港《キールン》に停泊している。六日前に横浜港を出航した客船だ。横浜港から那覇、石垣島を経由し、基隆港に早朝に到着している。今日の午後五時に横浜港に向けて出港する予定だ。陳暁雪と孫琳は、急遽《きゅうきょ》プラチナ・クイーン号で日本に戻ることになった。おまえも乗船し、横浜港に到着する前に彼女を海に突き落とすのだ。

エイトは楽しそうに説明した。

「基隆港？　ここから一時間近く掛かるだろう。そもそもプラチナ・クイーン号のチケットも持っていないんだぞ。どうやって乗船するんだ」

柊真は立ち上がって頭を掻いた。

――基隆港のフェリー乗り場に仲間を派遣した。彼からチケットを受け取れ。出港時間に遅刻するなよ。乗船後は三時間ごとに陳寧《ちんねい》という男から連絡がくる。横浜までは三日間の旅だ。だが、出港から八時間以内に必ず殺せ。六時間後の二回目の連絡の時にまだターゲットが生きていたら、人質の右腕を切り落とし、その映像をおまえに送ってやろう。私は必ず実行する。

実質六時間以内に殺せということである。

「フェリー乗り場の仲間の名前を教えろ」

――プロレスラーみたいなやつだと、おまえの特徴を教えておいた。仲間の方から接触する。監視役の陳寧は、おまえの仕事が完了したら私に連絡する。彼と暗殺スケジュールを相談するんだな。成功したら、彼女を解放してやろう。

陳寧というのは偽名だろう。

「分かった」

柊真は苛立《いらだ》つ心を抑えて通話を切った。

午後四時。市谷、傭兵代理店。

一〇〇インチディスプレーに、四分割された台北ノボテル桃園国際空港ホテルのレストラン、ザ・スクエア内の監視映像が映し出されていた。

右上はレストランの出入口、左上はフードコーナー、下の段は、客席の二つの監視カメラの映像である。

「この男も、目付きが鋭いですよね」

麻衣は自席のモニターを見て言った。彼女はレストランの出入口とフードコーナーの映像を確認している。

「私も見つけました」

仁美も自席のモニターを見ながら右手を上げた。

「麻衣が見つけた男は、国家安全局の呉明賜で、仁美が見つけた男はレストランのサブマネージャーね」

四つの画面を一度に見ている友恵は、首を横に振った。

彼女らは柊真から依頼された「午前八時十分前後にレストランにいた目付きの鋭い男」を監視映像から捜しているのだ。

「ターゲットは、レストラン内の監視カメラの死角にいたんじゃないですか？」

麻衣は友恵を見て肩を竦めた。

「そうね……」

友恵は四つの映像を自席のサブモニターに一つずつ表示させた。彼女の席だけ、メインモニターの上に一台、左右に二台ずつ、合計六台のモニターが設置されているのだ。

「私としたことが」

友恵は大きな溜息《ためいき》を吐《つ》いて天井を見上げた。

「どうしたんですか？」

席を離れた麻衣が友恵に尋ねた。

「こうすればどう？」

友恵は右下のレストランの客席の映像を一〇〇インチディスプレーの画面一杯に拡大し、再生を止めた。

「ウェイトレスが女性にメモを渡したところですね。この映像に特に怪しい男性は映っていませんよ」

麻衣は一〇〇インチディスプレーの前に立って言った。

「ここをよく見て」

友恵はデスクの引き出しからレーザーポインターを出し、ディスプレーの映像の一部を指した。

「あれっ。なんだか、映像が歪《ゆが》んでいる」

麻衣は首を傾げた。レストランの奥の壁際が歪んで見えるのだ。

「録画された監視映像が、改竄《かいざん》されているの。柊真さんが捜している目付きの鋭い男は消されたようね」

友恵は苦笑した。

「そんなことが可能なんですか？」

麻衣は肩を竦めた。

「アレスならこれ以上にうまく消去できるわよ。監視カメラは定点だから、背景画像で人物を消すのは簡単。それが静止画でも動画でもね」

友恵は笑みを浮かべて答えた。自分の制作したＡＩをさりげなく自慢している。

「ＡＩを使って画像をリアルタイムで修正したんですか。それじゃ、お手上げってことですか?」

麻衣は腕組みをして言った。

「調べる対象が分かった。画像が歪んでいる近くを調べるの。よく見てて」

友恵は停止させている映像を再生した。

メモを渡された女性が席を立ち、ウェイトレスがテーブルのコーヒーカップに紙ナプキンを挟むと、奥の方に下がって行く。奥の映像が微妙に歪んでいる箇所も移動する。

「見つけた！」

友恵が大きな声を上げると、映像を止めて一部を拡大した。壁際にワイングラスが並べられた棚があり、棚の奥がミラーになっている。棚の前の空間が少し歪んでおり、ミラーに男が映り込んでいるのだ。

友恵は映像から男の姿を切り取り、すぐさま顔認証アプリに掛けた。友恵は日本や欧米だけでなく、世界中の情報機関からハッキングで得られた膨大なデータベースを使うのだ。

だが、五分後、男の顔は適合せずという結果に終わった。

「残念ね……そうだ！」

頷《うなず》いた友恵は、男の写真を夏樹に送った。

4

柊真は日産のエクストレイルのハンドルを握り、激しい雨が降る中、中山《ジョンシャン》高速公路を走っている。

一日中天気が悪いという予報だったので、足回りのいい車を選んで正解だった。天気予報では日が暮れてから雨は激しさを増すらしい。

呉明賜と彼の部下の目を盗んでホテルを出ることは簡単だった。団体客に混じってホテル前でタクシーに乗り込んだのだ。

タクシーで空港の第二ターミナルまで行き、ＡＶＩＳレンタカーで車を借りた。ネットで予約してあったが、女性スタッフに案内されてレンタカーの停車場まで行き、車体の傷の点検などに時間が掛かった。

空港を出てから五十分後、柊真は車をフェリー乗り場の近くにある基隆港西三停車場に車を入れると、運転席から飛び出して一五〇メートルほど離れた〝基隆西岸ターミナル〟

に向かって走った。

プラチナ・クイーン号は午後五時の出港予定になっている。航空便の国際線と同じで出国手続きをしなければならない。チェックインカウンターが閉まれば、乗船することもできないのだ。

埠頭《ふとう》の端にある二階建てのターミナルに駆け込むと、警備員が駆け寄ってきた。

「ミスター・タケベ?」

男は英語で尋ねてきた。

「そうだ」

柊真が走る速度を落として答えると、男は封筒を渡してきた。走りながら封筒の中を覗《のぞ》くと、乗船券である。柊真が中身を確認するまでもなく、男はすぐ離れていった。

柊真はチェックインカウンターで予約確認をし、クルーズカード(乗船証)を貰うと、セキュリティチェックと出国手続きを済ませた。カウンターで「最後の乗客だ」と皮肉混じりに言われる。時刻は午後四時十五分になっていた。

ターミナルを出てプラチナ・クイーン号に架けられているギャングウェイを駆け上る。

乗船したデッキは、〝プロムナードデッキ〟と呼ばれるデッキ7である。

空港から桟橋《さんばし》までの移動に時間が掛かったが、その間、傭兵代理店に電話し、プラチナ・クイーン号の配置図などをスマートフォンに掲示してもらい、友恵から音声でレクチャーも受けている。

「クルーズカードを拝見します」

日本人女性スタッフの笑顔に迎えられ、ほっとした。

「手荷物はありませんか？」

スタッフは柊真を見て首を傾げながらクルーズカードを返してきた。横浜に帰港するまでに三日掛かるのにと言いたげである。

「実は友人とサプライズで合流するんですよ。だから手荷物はないんです」

柊真は笑顔で答えると、レセプションカウンターを抜けてすぐの〝オーシャン〟という名のレストランに入った。出航までは三十分ある。その前にやるべきことがあるのだ。

プラチナ・クイーン号の総トン数は、一三万九一九六トン、全長三三四メートルと豪華クルーズ船の中では平均的なサイズだが、客室総数は一七五〇室、乗客定員は四三四二人と、シェラトン ニューヨーク タイムズ スクエアホテルと同規模と言える。

オーシャンレストランはビュッフェスタイルで、柊真はトレイに皿を載せ、大盛りスパゲッティの上にソーセージやベーコンなどの肉類を盛り付けながら、さりげなく周囲を見回した。サングラスをかけてアロハシャツを着た男が、こちらを窺っている。

柊真は空《あ》いているテーブル席に座り、フォークを使って食べ始めた。

さきほどの男が、トロピカルドリンクのグラスを手に柊真の向かいの席に座った。年齢は三十代半ば、身長は一八〇センチ強と、柊真とたいして変わらない。体重は七〇キロほどと一見痩《や》せて見えるが、贅肉《ぜいにく》はなく引き締まっているので鍛えているようだ。

「大きな男と聞いていたが、食事の量もプロレスラー並みか」

男は足を組んで座り、皮肉を言った。

「陳寧か？」

柊真は不機嫌そうに尋ねると、ソーセージとベーコンをフォークで刺した。

「そうだ。贅沢《ぜいたく》なクルーズ船だ。楽しそうに振るまえ。怪しまれるだろう」

陳寧は気取った仕草で人差し指を横に振ってみせた。

「ターゲットを殺す理由を教えろ。それぐらい答えられるだろう？」

柊真はフォークに刺したソーセージとベーコンを二口で食べた。

「おまえが知る必要はないだろう」

陳寧は鼻を鳴らして笑った。

「俺はプロの殺し屋として働いてきたが、理由も知らないで殺したことはない。プロは何も聞かずに人を殺すというが、それは映画やドラマの世界だ。相手の情報も得ずに殺すのは素人《しろうと》の仕事だ」

柊真はもっともらしい理由を言った。

「仕方がない。ターゲットは、米国に留学し、贅沢三昧《ざんまい》の生活をしてきた。それだけなら問題なかったが、軍の情報を漏らしていることが分かった。おそらく、ＣＩＡに唆《そそのか》されたのだろう。だから、抹殺するんだ」

陳寧は小声で答えると、気持ち悪い笑顔を浮かべた。

「なるほどな」

柊真はスパゲッティを食べながら頷いた。陳寧の説明はある程度真実なのだろう。だが、裏切り者なら中国の諜報機関のヒットマンが容赦《ようしゃ》なく殺す。事故死に見せかける必要があるのは、陳暁雪が党か軍幹部の娘だからだろう。厄介者の暗殺と同時に、親の名誉も保たれるからだ。

「私が夕食に細工する。付き人は気分が悪くなり、自室に戻るだろう。一人になったターゲットをおまえが誘い出し、デッキから海に突き落とすのだ」

陳寧はトロピカルドリンクを啜《すす》りながら言った。

「付き人の気分が悪くなったら、普通一緒に船室に戻る。それに雨が降っているんだぞ。わざわざ外に出る馬鹿もいないだろう」

柊真は首を横に振った。

「大丈夫だ。付き人のワインに下剤を入れ、ターゲットのワインには合成麻薬を入れる。付き人は船室じゃなくてもトイレから出られなくなる。ターゲットはハイになっているからハンサムに声をかけられれば、どこにでも付いていく。これまでこの作戦で失敗したことはない」

陳寧は自信ありげに答えた。プロの殺し屋だと言っているようなものだ。

「分かった。ディナーは何時からだ？」

柊真はフォークの手を止めて尋ねた。

「レッド・ダイニングに、午後七時、二人の予約が入っている。私はそのレストランのウエイターに変装する。おまえの席を彼女らのすぐ隣りに押さえておいた。気分が悪くなった付き人を介護する振りをして近付け」

陳寧は笑いながら言った。傍《はた》から見たら楽しい会話をしているように見えるだろう。

「おまえ一人で大丈夫なのか？　普通、こういう仕事はチームでやるものだ。他にも仲間がいるんだろう？」

柊真は野菜ジュースで口の中の肉を流し込みながら尋ねた。

「私は優秀だ。いつも一人で行動する。今回は、ターゲットが海に落ちた瞬間を撮影するように命令されている。……だから、おまえを利用するまでだ」

陳寧は答えた後で調子に乗ったと気付いたらしく、途中で一瞬だが口を閉ざした。陳暁雪が海に落ちる瞬間を撮影するというのは、柊真が殺害する場面でもある。彼は自身の身の安全を図るための切り札として撮影するのかもしれない。あるいは確実に殺害したと報告するためなのだろう。いずれにせよ柊真は殺人罪に問われることになる。罪に問われなくても陳寧は柊真を生かしてはおかないはずだ。

「分かった。上手くやる。簡単なことだ。ところで、レッド・ダイニングにドレスコードはないのか？」

柊真は両手で自分の胸を指した。ジーパンに白のTシャツである。それに足元はジョギングシューズなのだ。

「まったく。なんで、そんな軽装で豪華客船に乗船したんだ。俺のジャケットを貸してやる。付いてこい」

陳寧はトロピカルドリンクを飲み干すと立ち上がった。

「急いで出たから仕方がないだろう」

柊真は皿に残ったベーコンとソーセージをまとめて口に入れて席を離れた。

5

午後四時五十六分。プラチナ・クイーン号。

客室のほとんどはデッキ8からデッキ13にあり、エレベーターに乗った陳寧はデッキ8で下りた。

ちなみに乗客が出入りできるのは、十二デッキある。デッキ4は一部だけだが、慣習的にデッキ13はなく、デッキ5から最上階はデッキ17まである。

長めの汽笛が三回鳴り響く。

船体が微《かす》かに揺らいだ。プラチナ・クイーン号が離岸したらしい。午後五時を過ぎたのだ。

陳寧は８０４８号室の前で立ち止まり、おもむろにスマートフォンを出すと電話を掛けた。

「私です。武部は私の目の前にいます。たった今、出航しました。……はい、分かっています。大丈夫です」

陳寧はにやけた表情で柊真を見ながら電話を掛けると、部屋のカードキーを出した。電話の相手はエイトだろう。暗殺計画がスタートしたということだ。

「早くしてくれ」

柊真は腕組みをして急《せ》かしながら、廊下の左右を見て人目がないか確認した。

「落ち着いて廊下で待っていろ。船室は狭いんだ。おまえのような大男と一緒に入るつもりはない」

陳寧はドアを開けると、振り返った。

「そうだよな」

柊真は笑みを浮かべると、陳寧の鳩尾《みぞおち》を蹴《け》り抜いた。陳寧は出入口から二メートル飛んで船室の壁に後頭部から激突する。

船室に入り、ドアを閉めた柊真は室内を見回した。一六平米のシャワー付きバスルームがあるダブルベッドルームで、ミニバーとテレビが設置されており、外が見える小さな丸窓がある。

柊真は部屋の片隅に置いてあるバッグを調べ、陳寧を縛るために二本のネクタイを引っ張り出した。

「むっ!」

咄嗟《とっさ》に体を左に倒した。ナイフが右頬《ほお》の脇を抜ける。陳寧は気絶した振りをしていたようだ。だが、その気配は感じていた。

柊真はナイフを持った陳寧の右手を両手で摑《つか》み、捻《ひね》りながら投げ飛ばした。仰向《あおむ》けになった陳寧はすかさず隠し持っていた拳銃を左手で抜き、柊真に向けた。素早い動きだ。

柊真は陳寧の右手を摑んだまま、その左手を素早く右手で封じた。陳寧は、バク転しようと床を蹴った。同時に柊真は勢いよく立ち上がって陳寧の動きを封じ、肩で担《かつ》いだ男の両腕を勢いよく引っ張る。嫌な音を立てて陳寧の両肩の関節が外れた。

「くそっ!」

陳寧は叫ぶと、口から泡を吹いて気を失った。

「なっ!」

柊真は陳寧を床に転がした。口元からすえたアーモンド臭がする。青酸カリが体内で反応したことを示す嫌な臭いだ。歯を食いしばると青酸カリのカプセルが潰《つぶ》れるようになっていたのだろう。奥歯にでも仕込んであったに違いない。

陳寧の身体検査をすると、スマートフォンの他に衛星携帯電話機も持っていた。洋上に出た際は、衛星携帯電話機でエイトと連絡を取り合うのだろう。陳寧の親指でスマートフォンのロックを解除させ、直近の通話履歴の電話番号を覚えた。ハンカチでドアノブの指紋を拭《ふ》き取って部屋を出ると、廊下を船尾に向かって走る。

船尾に近いエレベーターでデッキ7に降りると、〝ビスタ・ラウンジ〟というソファーやテーブルが優雅に配置された開放的なエリアに出た。

乗客はさほどいない。このクルーズ船には、レストランや映画館、それにカジノやバーまである。乗客はより楽しめる空間にいるのだろう。ビスタ・ラウンジの両舷《りようげん》に細長い展望デッキがあるが、雨のため外に出ている物好きはいない。

柊真は個人用スマートフォンをラウンジのソファーの下に置くと、雨が降り注ぐ展望デッキに出た。腕時計を見ると、午後五時十一分になっている。港内では速度は出ていなかったはずだが、すでに基隆港の入江から外洋に出ていた。

船の後方を見たが、右手に灯台があり、警告桟橋ビーコンの点滅する光が左手に見えるが、雨で霞《かす》んで陸地はほとんど見えない。離岸して十一分経つので、桟橋から四キロ以上離れているのだろう。

手すりを背にしてビスタ・ラウンジを見た。数人の乗客はおしゃべりに夢中になっており、誰も柊真を気にしていないようだ。

深呼吸した柊真は、手すりを飛び越えて海に飛び込んだ。

孤高の戦闘

1

柊真は、雨が降り注ぐ荒れた海を基隆《キールン》港に向かって泳いでいた。

プラチナ・クイーン号のレストランで肉とスパゲッティを食べたのは、体力を維持するためであった。Tシャツという軽装にし、ジョギングシューズを履いてきたのは最初からクルーズ船から飛び降りるつもりだったのだ。

また、パスポートや金は、体に密着させる薄型の防水スポーツポーチの中に収めてある。このポーチは偽造パスポートを入れるための特注品で、傭兵代理店から支給されたものだ。

クルーズ船に乗り込んで時間を稼ぐため、エイトの暗殺の要求を引き受けた振りをした。陳寧は出港直後、柊真に接触したとエイトに電話を掛けており、次回の報告は三時間後の午後八時のはずだ。柊真の個人用スマートフォンはクルーズ船に残してきた。電波が届くうちは、クルーズ船に柊真がいると思わせられるだろう。

残り二時間四十五分の間にマリアを助け出す。

「うっ」

海水を飲み込んだ。立ち泳ぎをしながら咳《せ》き込んだ。フランス外人部隊の基地は、コルシカ島北西岸のカルヴィにある。そのため、外人部隊の特殊部隊であるGCPでは教練を兼ねて遠泳を取り入れていたが、さすがに荒れた海では行われなかった。

「くそっ！」

柊真は再び泳ぎ始める。

基隆港の三キロほど奥にあるフェリー乗り場まで、荒れた海を泳ぐつもりはない。事前に航路は調べてあり、基隆港出入口右岸から六〇〇メートル近く海に突き出ている基隆白灯碼頭（桟橋）を目指している。一キロも泳げば基隆白灯碼頭に到達できる。フェリー乗り場ではなく、一番近い上陸ポイントを目指しているのだ。

一キロほど南に進んで立ち泳ぎになり、周囲を見た。波に乗って体が大きく上下する。雨のせいか基隆白灯碼頭の突端に設置されている警告桟橋ビーコンが見えない。航路標識であるビーコンは、悪天候でも視認できるはずなのだ。

「何！」

らしい。

柊真は両眼を見開いた。左手に見えるはずの警告桟橋ビーコンが、右手に見えるのだ。海流で東に流されている
柊真は西南に向かって泳ぎ始めた。海流から抜け出して南に向かうのだ。六〇〇メートルほど泳ぐと、消波ブロックが積まれた岸壁に辿《たど》り着いた。何度も波に押し返され、やっとの思いで消波ブロックに抱きつくと、がむしゃらに護岸によじ上った。

肩で息をしながら護岸の道路に仰向《あおむ》けに転がる。売るほどの体力が自慢だが、さすがに疲れ果てた。泳いでいる時は大粒の雨を恨めしく思ったが、今は気持ちいい。気温は二十八度あるが海水の温度は低かったので、背中の道路の温かさが心地よく感じられる。

「むっ！」

柊真ははっとして目を見開いた。いつの間にか日が暮れているのだ。腕時計を見ると、午後六時十六分になっている。雨に打たれていたにもかかわらず、一時間近く眠ってしまったらしい。

「まずい！」

慌てて立ち上がった柊真は、右膝《ひざ》に激痛を覚えて前のめりに転んだ。上陸する際に波に押されて消波ブロックで右膝を強打したのだ。Tシャツを脱いで右膝に巻き付けて縛っ

た。立ち上がってみると、痛みはあるが膝を動かすことはできる。

とりあえず湾の反対岸にあるフェリー乗り場近くの駐車場を目指す。駐車したエクストレイルに着替えと水、それに代理店から支給されたスマートフォンを入れたバックパックが積んであるのだ。

柊真は右足を引きずりながらも走り出した。護岸道路を東に進んで最初の交差点を右に曲がり、平一路という一方通行の道に入る。海流に流されて体力を消耗したものの距離的には一キロ近く稼いだ。

もともと基隆白灯碼頭（桟橋）から上陸するつもりだったので、帰路も頭に入っている。上陸地点から駐車場までの距離は七キロ弱あるはずだ。タクシーは無理でもバスを使うつもりである。そのためにホテルで台湾ドルに両替した紙幣を折り畳んでポーチに入れてあるのだ。

平一路はバス通りだが、逆方向の一方通行なので六〇〇メートル先の交差点で両側通行の和一路に出るほかない。柊真はシャッターが閉まった店の軒先で立ち止まった。すれ違った車の運転手に奇異な目で見られたからだ。上半身裸で傘も差さずに歩いているからだろう。足を縛っているTシャツを解いて雑巾《ぞうきん》のように絞った。たいして変わらないが、濡《ぬ》れたTシャツを着ると再び足を引きずりながら走る。

信号機もないT字交差点に出ると左に曲がり、和一路に入った。シャッター街なのか、あるいは時間帯のせいなのか、商店街らしいのだが開いている店はない。タクシーどころか車の通りもほとんどないようだ。

一二〇メートルほど進むと、バス停があった。時刻表はなく路線別の経路図が掲示されている。

「これだな」

柊真は基隆の街に行けるバスを確認した。基隆の街の反対方向に行く〝八斗子車站《バードウズー》（八《はち》斗子《とし》駅）〟と、柊真が上陸した場所に戻ってしまう〝阿拉寶灣《アーラーバオ》（アラバオ湾）〟行き以外なら基隆の街に行けるはずだ。時刻表がないのは、時刻通りに運行していないからだろう。左手の西の方角からヘッドライトを点けたバスが走ってきた。阿拉寶灣と表示されている。舌打ちしたものの、阿拉寶灣行きのすぐ後ろに別のバスが続いていた。

「おっ！」

柊真は思わず右拳《こぶし》を握った。二台目のバスは、〝基隆轉運站（基隆乗換駅）〟と表示されているのだ。薄型ポーチから、札を出し、バスが停まるのを待った。

だが、二台のバスはバス停に立っている柊真の前を次々と通り過ぎる。

「しまった！」

柊真は金をポケットに突っ込むと、走ってバスを追いかけた。台湾のバスは、タクシーと同じで乗車の意思を示すために手を上げなければならないのだ。

十数メートル追った柊真は曲がり角で減速したバスに飛び付き、後部ウィンドウ下の看板を摑《つか》んでバンパーの上に足を乗せた。

十二分後、基隆轉運站行きバスは港に沿って通る中正路から側道に入り、基隆の市街を東西に抜ける忠一路との交差点の赤信号で停まった。街の中心部に近いため、交通量も多く、商店も多い。

柊真はバスから飛び降りると、歩道までさりげなく歩いた。このまま乗っていても、目的地から遠ざかってしまうのだ。ここから駐車場までは八〇〇メートルある。

手を上げて交差点を渡ってきたタクシーを停めると、後部ドアを開けて乗り込んだ。

「急いで西三停車場に行ってくれ。釣りはいらない」

柊真は五〇〇元札を運転手に渡した。台北のタクシー料金は初乗りが八五元、六十秒ごとに五元加算される。八〇〇メートルなら一二〇から一三〇元で行けるはずだ。

「えっ！　謝謝《シェイシェイ》！」

運転手は満面の笑みになり、アクセルを踏んだ。

一分とかからずタクシーは、西三停車場に到着する。

柊真はタクシーを飛び出し、ずぶ濡れのままエクストレイルの運転席に乗り込んだ。着替えようかと思ったが、とりあえず車を出すことが先決だと思ったのだ。バックパックからミネラルウォーターのボトルを出し、喉《のど》を潤すと車を出した。アクセルを踏むと、右膝に痛みが走る。

「しっかりしろ!」

柊真は自分に言い聞かせた。

2

午後六時四十四分。市谷、傭兵代理店。

スタッフルームには、友恵をはじめとした四人のスタッフが緊張の面持《おもも》ちで待機していた。

柊真からプラチナ・クイーン号の詳細情報を求められ、フェリー乗り場がある基隆港に移動する間、データをスマートフォンに送りながら口頭で様々な情報も伝えている。彼からは具体的な問題は報告されていないが、新たな困難に遭遇しているのは明らかだった。

柊真から漠然と言われた「目付きの鋭い男」を友恵はホテルの監視映像から探《さぐ》り出し、その顔写真を夏樹に送った。すると一時間後に、夏樹はその正体を知らせてきたのだ。

人民解放軍南京《ナンキン》軍区の特殊部隊〝飛龍《フェイロン》〟に所属していた馬博恒《ばはくこう》で、六年前の退役時の階級は少校だった。諸外国の軍隊で言えば少佐である。特殊部隊の記録は人民軍内部でも極秘資料扱いとなるため、夏樹も手に入れるのに苦労したらしい。

馬博恒は退役後に元部下を六人も引き抜き、北京に〝人民偵探社〟という会社を設立している。表向きは日本でいう探偵事務所であるが、裏では暗殺も厭《いと》わない汚れ仕事をしているようだ。

現在では社員数が一二〇人まで増えているそうだが、裏稼業をしているのは、創業当初からの七人だけらしい。顧客は党や軍の幹部はじめ民間企業のCEOなど中国のセレブで、高額な報酬を得ているようだ。

また、851便で自殺した郭昌征の本名は朱磊《しゅらい》といい、ごく普通の民間人だったが、不動産バブルで破産し、行方不明になっていたらしい。おそらく借金の返済と家族の安全を引き換えにハイジャック犯の一味になったのだろう。

さらに夏樹は独自に調査を進め、今回のアジアン航空851便のハイジャック事件は、米国在住の陳暁雪を旅行先で暗殺するために人民偵探社が仕組んだものだと結論づけていた。彼は人民解放軍と共産党の全システムに侵入できる人物とパイプがあるため、中国関連の情報力はずば抜けている。その点、世界屈指のハッカーである友恵でも敵《かな》わないのだ。

陳暁雪は、中国共産党の最高指導機関である中央政治局の幹部、陳曦《ちんぎ》の娘である。共産党幹部の家族や子供が海外で生活することは珍しくはない。高度な教育を受けさせられると同時にいつでも亡命できるという利点があるからだ。

中国では国家指導層の住居や家族構成、その動向は安全保障を理由に一切報じられない。習近平《しゅうきんぺい》国家主席もその限りではないが、一人娘の習明沢《しゅうめいたく》は二〇一〇年から二〇一四年まで、米国ハーバード大学で心理学を専攻していたといわれる。

国家主席の娘の留学が問題視されて、二〇一五年に一旦帰国した。だが、明沢は窮屈な北京暮らしに飽きて、二〇一九年に米国へ戻ったとされている。真相は闇の中だが、二〇二〇年に国家主席の家族事情をリークしたとして中国全土で二四人が逮捕された。彼らは、明沢の写真や所在をSNSなどで公開したからである。

陳暁雪は十歳の時から米国のニューヨークのウエストヴィレッジに母親と住んでおり、価値観的には米国人であった。二年前にハーバード大学を卒業後、帰国命令に反してニューヨークの証券会社に勤めている。この場合、帰国命令に従わない代わりに諜報員として活動することを条件付けられるそうだ。

陳暁雪は適当な報告書を上げ、諜報員の任務を怠《おこた》っていた。もっとも、任務怠慢は幹部の血縁者にはありがちなことなので、問題視されていない。

問題は、年上で同性の孫琳と付き合っていることらしい。しかも孫琳はCIA局員という疑いが持たれている。父親が幹部のため、その面子《めんつ》を潰《つぶ》さないように人民偵探社に暗殺が依頼されたらしい。柊真はその陰謀に巻き込まれたのだ。

「柊真さんから電話」

友恵はスマートフォンの通話をスピーカーモードにした。

――例の電話番号の所在地は分かりましたか？

柊真は落ち着いた口調である。彼のスマートフォンの位置情報は、基隆港にある西三停車場で止まっていたが、数分前から動き出していた。

「午前十時十七分の通話以来電源が切られているので、お伝えした場所が最後に計測された位置になります。現在地は不明です」

友恵は淡々と説明する。

――それじゃ、今から言う電話番号の位置情報も調べてもらえませんか？

柊真は新たに電話番号の調査を依頼してきた。

「了解です。ミスター・Nからの報告があります」

友恵は通話を切られないように早口で言った。柊真が一人で対処しようとしているのは分かっているが、友恵をはじめとするスタッフとしては、もっと頼ってほしいのだ。

――えっ。本当ですか。

「詳細はメールでも送りますが、今回の事件は人民偵探社が関係しています」

友恵は夏樹からの報告をかいつまんで説明した。

――エイトと名乗る男からも暗殺だと聞いている。エイトが馬博恒ですね。これで納得しました。情報、ありがとうございます。

「遠慮はいらないから、私たちに手伝わせて。お願い」

友恵は切実な思いを告げた。

――感謝します。……実は知人を人質に取られています。彼女を午後八時までに救出しないと殺されます。新たな電話番号は馬博恒のものだと思います。

柊真は一瞬戸惑ったようだが、事情を話した。

「人質にされたのは、ホテルから消えた女性ね」

友恵はすでに顔認証でマリアだと特定しているが、あえて名前は言わなかった。

――そうです。とりあえず動物園に向かっています。できれば、正確な位置情報を教えてください。

「了解。任せて」

友恵が返事をすると、通話は切れた。

中山高速公路をひたすら南西に向かっていた柊真は、汐止区のインターチェンジで国道3号線に入り南に向かう。

――モッキンバードです。新たに得た電話番号の位置情報が分かりました。〝猫空《マオコン》駅〟です。正確な座標は、ＴＣ２Ｉに打ち込んであります。

スマートフォンはスピーカーモードにし、ダッシュボードの上に置いてある。

「待てよ。台北市立動物園と猫空駅は、ロープウェイで繋《つな》がっていますよね」

柊真はネットで目にした観光案内を思い出した。闇雲に台湾の情報をネット検索したが、無駄ではなかったらしい。

――可能性はあります。二つの電話番号の位置情報は、TC2Iでリアルタイムで見られるようにしました。今後、別の情報も何かあれば反映するようにします。

友恵の淡々とした説明が頼もしく聞こえる。

「ありがとうございます」

柊真は通話を切った。

3

午後七時十九分。

国道3号線を走ってきた柊真は、「深坑《シエンコン》・台北→」という交通案内板に従いハンドルを右に切って側道に入る。

ジャンクションを経て一般道の新光路二段に出た。国道3号線の高架下を潜って八〇〇メートルほど先で稼働門の前にある駐車スペースに車を停めた。稼働門は台北市立動物園の北門で、職員や業者専用でいつも閉じられているらしい。もっとも、動物園は午後五時閉園で、西側にある正門も閉まっているはずだ。

台北市立動物園は一六五ヘクタール、東京ドームに換算すると約三十五個分の広さを誇り、世界十大都市型動物園の一つだ。四百種類以上の動物が飼育され、東南アジア最大の動物園でもある。マリアのスマートフォンの位置情報が示されたペンギン館は、コアラ館と並ぶ人気がある施設であった。

柊真はシートを倒して後部座席に移ると、ズボンを脱《ぬ》いだ。右膝が赤く腫《は》れ上がっている。バックパックから防水テープを取り出し、膝の周りにX字にテーピングの要領で貼った。

防刃防水のタクティカルパンツをバックパックから出して穿《は》くと、黒のウィンドブレーカーを着た。最後にランニングシューズからタクティカルブーツに履き替える。これで武器があれば言うことはないが、日本で買ったフクロナガサは、機内に持ち込めないのでフランスの自宅宛に国際郵便で送っていた。台湾にも傭兵代理店はあると聞いているが、立ち寄る暇もなかったのだ。

せめて鉄礫《てつつぶて》があればと思う。隠密《おんみつ》に行動する時に印字《いんじ》ほど優《すぐ》れた闘い方はないのだ。空港のセキュリティを通過できないこともあるが、今回は正直言って旅行気分だったので持っていないのが悔やまれる。

柊真はスマートフォンでTC2Iを立ち上げた。マップ上にマーキングされている二つの電話番号の位置情報は、変わっていない。「猫空ロープウェイは第一月曜日以外の月曜日はメンテナンスのため定休」という追加の情報がテキストで表示されている。

舌打ちをした柊真は、車を離れると門の前に立った。

稼働門は高さ一メートルの鉄格子の柵の上に、コイル状の有刺鉄線が張られた二段構えになっており、高さは一メートル七〇センチほどになっている。周辺のフェンスは一メートル八〇センチほどの金網の上に、さらに四〇センチほど嵩上《かさあ》げする形で有刺鉄線が張られていた。

稼働門の脇に電磁ロックが掛けられた鉄製のドアがあり、ピッキングでは入れそうにない。動物の脱走を阻止するために厳重にしてあるのだろうが、構造だけ見れば軍事施設並みである。

柊真は助走をつけて左足でジャンプし、稼働門の鉄格子の上部を右足で蹴《け》って有刺鉄線の上を飛び越した。着地は道路に転がって受け身を取る。膝は悲鳴をあげたが、防水テープのおかげで右足に力が入った。

柊真は起き上がると、すぐさま道路を外れて右手にある森に入った。開園中ならともかく、閉園後の動物園は職員を除いて一般人はいない。これほど待ち伏せ攻撃に適した場所はないだろう。

動物園はなだらかな山の裾《すそ》にあり、手付かずの森の中にある。しばらくメンテナンス用道路に沿って森の中を進んだ。敵の目を気にしていることもあるが、動物園の職員にも見られたくないのだ。北門の内側に職員のものと思われる乗用車とバイクが停められていた。閉園後の動物の世話や掃除など仕事は色々あるのだろう。

四〇〇メートルほど進み、スマートフォンを出して位置の確認をする。ペンギン館まで五〇〇メートル以上あった。北門から続くメンテナンス用道路は、この先で正門からのメインの遊歩道とも交差するので、持ち伏せされているとしたらここから先ということになるはずだ。

「まずいな」

柊真は腕時計を見て舌打ちをした。時刻は午後七時二十七分になっている。かなりのスピードで進んだが、森の中は足場が悪いために移動に時間が掛かるのだ。待ち伏せを回避するには山の中を大きく迂回するのが得策だが、それでは間に合わなくなる。最短のメンテナンス用道路を使うほかないらしい。

「おっ」

柊真はにやりとして遊歩道に出た。後方から屋根付きのゴルフカートのような緑色の車が、ライトを点灯させて近付いてくるのだ。蛍光色のベストを着た男が二人乗っている。動物園職員に違いない。

柊真は手を振りながらカートに接近した。荷台には掃除道具などが収められている。檻《おり》の清掃作業などがまだ残っているのだろう。

「何かあったのか?」

助手席に乗っている男が、尋ねてきた。閉園後二時間以上経《た》っているため、柊真を職員だと思っているようだ。

「最初に謝っておく。すまない」

柊真はそう言うと、二人をいきなりカートから引きずり降ろし、首筋に手刀を入れて気絶させた。なるべく濡れないように二人を道路脇の大きな木の下に寝かせると、一人から蛍光ベストを脱がせてウィンドブレーカーの上から着用する。

柊真はカートに乗り込んでメンテナンス用道路を進んだ。

坂道を上り、ペンギン館の裏側のカースペースにカートを停める。他にも二台のオフロードバイクが駐車してあった。

ペンギン館は氷河をイメージさせる平屋の建物と、展示用の人工池を周遊する屋外のコースから成る。雨は相変わらず降っているので、待ち伏せしているとしても屋内だろう。というのも敵は、柊真がまだプラチナ・クイーン号に乗船しているものと信じ、さほど警戒していないはずだからだ。

柊真は荷台に載せてあるデッキブラシを手にカートを降りた。同時にポケットのスマートフォンが振動する。画面を見ると、「ペンギン館の監視カメラ、掌握。男二人。猫空駅は電源喪失のため、監視カメラ使えず」というテキストが画面に表示された。

ペンギン館内の敵が二人なら、駐車スペースの二台のオフロードバイクの数と合う。猫空駅の電源喪失は、メンテナンスの影響なのだろう。

画面のテキストはTC2Iの機能で、イヤホンがない場合に「無音テキスト表示」と設定すると、画面を切り替えることなくチャット形式の連絡を受けることができる。

地図上のペンギン館をタップすると、館内の見取図に変わり、自分の位置は緑の点、その他の人間は赤い点で表示された。

柊真はあえて正面玄関から入った。内部は天井の非常灯だけで、展示ブースやペンギンの水槽などは消灯してある。

観賞用通路は広く、展示ブースに従って曲がりくねっていた。一つ目の赤い点は一〇メートル先である。二つ目の赤い点とマリアの電話番号の位置情報が重なっていた。

柊真は最初の水槽の前を通り、右奥に進んで角を曲がった。

マスクで顔を隠した男と鉢合わせした。

「あれっ。もう閉園しましたよ」

柊真は中国語で言った。

「そうか。気付かなかった」

男は笑って誤魔化《ごまか》し、右手をポケットに突っ込んだ。

「そうでしょうね」

柊真も笑うと、いきなりデッキブラシで男の喉《のど》を突いた。男は後頭部を壁に叩《たた》きつけられて気絶する。男の右手にはタクティカルナイフが握られていた。職員に扮《ふん》した柊真を殺すつもりだったのだろう。

男の体を探り、グロック19と無線機、それにバイクの鍵を取り上げた。グロックはズボンの後ろに差し込んだ。人質がいる可能性を考えて銃は使いたくないからである。

ペンギンの壁画の通路を過ぎ、ペンギンのタイル画の通路を油断なく通る。館内はどこを見てもペンギンだらけだ。

通路を抜けて角を曲がると、ベンチに座ってスマートフォンを見ていた男が驚いて立ち上がった。

「もう閉園しましたよ」

柊真はさっきと同じセリフを言って近付いた。

「そうかよ」

男はいきなり、殴りかかってきた。仲間が居た方向から来た柊真を咄嗟《とっさ》に敵と判断したのだろう。

柊真は軽くかわすと右正拳を男の顔面に放った。だが、男は頭を振って避けると、懐《ふところ》からナイフを出した。すかさず右回し蹴りでナイフを蹴り飛ばし、間髪《かんはつ》容《い》れず右後ろ回し蹴りを男の鳩尾《みぞおち》に決める。

「くっ！」

右膝に激痛が走った。

男は床に倒れて腹を押さえながらも銃を抜いた。左足で銃を蹴り上げ、そのまま踵落《かかとお》としで男の右鎖骨を折った。

「人質はどこだ？」

柊真は男の背後から組み付き、首を絞めながら尋ねた。

「貴様、武部の仲間か！」

男は柊真だとは思っていないらしい。クルーズ船から脱出したとは想像もできないからだろう。

「人質は馬博恒と一緒なのか？　死にたくないなら答えろ」

柊真は左腕で首を絞めながら、右手で男の骨折した肩を摑んだ。

「ううう……言えば殺される」

男はそう言うと、ぐったりとした。男の口元から例のアーモンド臭がする。裏切りと失敗は死を意味するのだろう。船上で自殺した男と同じである。

「くそっ！」

舌打ちをした柊真は男の体を探った。マリアの赤いスマートフォンとバイクの鍵を見つけた。やはり囮《デコイ》だったのだ。彼女は猫空駅に囚《とら》われているに違いない。床に落ちているグロックを拾い、先ほどのグロックとは向きを変えてズボンに差し込んだ。

蛍光色のベストを脱ぎ捨てて、正面玄関から出ると建物の裏側に回った。

近くに停まっている二台のヤマハのオフロードバイク、セロー250を見た。二台とも鍵は手に入れてある。年式は古そうだが、山道ならオフロードバイクの方が足回りはいい。それに門の外に停めてあるエクストレイルまで戻るのは、時間の無駄だ。

状態が良さそうな方に鍵を差し込んだが合わない。鍵を投げ捨て、二つ目の鍵で電源が入った。

「行くぞ！」

エンジンを掛けた柊真は、雄叫《おたけ》びを上げるセロー250を走らせる。

4

猫空ロープウェイは、動物園駅から猫空駅まで全長約四キロ、高低差三〇〇メートルを三十分ほどで運行している。

動物園も人気スポットではあるが、途中駅の指南宮《ジーナンゴン》は、百二十年の歴史を持つ台湾道教の総本山で、仏教、儒教も取り入れて三つの宗教が体験できる珍しい廟《びょう》として人気があった。

鉄観音茶《てっかんのんちゃ》の産地である猫空は、絶景の展望で食事や茶を楽しめる。また、十台に一台の割合で床がガラス張りのゴンドラもあり、三つの観光スポットが一度に味わえると、平日でもロープウェイは賑《にぎ》わいを見せていた。

だが、ロープウェイは月曜のメンテナンス日のため休業しており、猫空駅は閉ざされ、周辺の飲食店に観光客の姿はなくひっそりとしている。営業はしているようだが、雨降りなので観光客が少ないのだろう。

猫空駅の一階はコンビニ、二階はトイレ、三階がロープウェイ乗り場になっており、三階の改札からスロープで一階まで降りられるようになっている。

猿轡《さるぐつわ》をされたマリアは、三階の乗り場にあるガラス張りのコントロールルームに囚われていた。椅子《いす》に縛り付けられ、ぐったりとしている。早朝にホテルから拉致《らち》され、数時間車に閉じ込められてからここに運ばれた。途中で水は飲まされたが、食事は出されていない。

馬博恒はコントロールルームの横に椅子を置き、雑誌のクロスワードパズルを解きながらリラックスしている。駅構内の監視カメラだけでなく、元の電源から切ってあるので、録画されることもない。ロープウェイの監視システムは麓《ふもと》の動物園駅にあるが、月曜日のこの時間は誰もいないので復旧させる職員もいないのだ。

傍《そば》に小さなテーブルが置かれ、馬博恒の衛星携帯電話機とスマートフォンと無線機が載っていた。二時間前に部下を二箇所に配置したが、今のところ報告はないので静かなものである。

一緒に行動させている三人の部下は、一階の出入口と裏口に配置してあった。猫空駅を占拠しているが、無人の駅の鍵を壊して居座っているに過ぎない。周辺に人気《ひとけ》もなく、これ以上安全な場所はないのだ。

馬博恒の左手首のスマートウォッチが振動した。タイマーを午後七時五十五分にセットしてあったのだ。

「もうこんな時間か」

タイマーのスイッチをタップした馬博恒は雑誌を閉じると、欠伸《あくび》しながらテーブルの衛星携帯電話機に手を伸ばした。プラチナ・クイーン号は携帯の電波が届かない東シナ海洋上のため、衛星携帯電話機を使うのだ。

一回目の陳寧からの定時報告は数分後だが、二回目の連絡まで陳暁雪を殺していないのなら、武部には彼女の腕を切り落とすと言ってある。

もっとも、陳暁雪を事故死に見せかける必要があるため、やむなく実行できていない可能性もあるだろう。一回目の報告の制裁は、女の顔をナイフで切り裂くつもりだ。

「楽しみは取っておくか。その前にペンギン館から撤収させせよう」

衛星携帯電話機ではなく、無線機を摑んだ。人質のスマートフォンを持たせた二人の部下を動物園のペンギン館に配備したのは、武部の仲間が動く可能性を考えての囮《デコイ》である。武部は851便でとんでもない働きをしたが、単独行動であった。もし仲間がいるとしても、851便の目的地であるクアラルンプールだろう。部下は馬博恒の用心深い計略に今頃退屈しているに違いない。

「こちら、レッドロック。ペンギン、応答せよ」

馬博恒は無線で、ペンギン館の部下をコールサインで呼び出した。

柊真は山道である指南路三段の上り坂を猛スピードで走っていた。時刻は午後七時五十五分になっている。

馬博恒のスマートフォンの位置情報は変わっていない。本来なら猫空駅周辺を入念に調べるべきだが、そんな時間は残されていないのだ。

雨は相変わらず降っていた。バイクの年式は古そうだが、タイヤは比較的新しいので濡れた道路でもグリップが効いている。

道路脇は茶畑で、時折お茶の看板を出している建物を通り過ぎた。茶葉農家の建物なのだろう。

視界が開けた。猫空エリアに入ったようだ。猫空の山頂に到達したのだ。左手に猫空駅の屋根が見える。

柊真はバイクを停めてスマートフォンのＴＣ２Ｉで、馬博恒の位置情報を確認した。ウィンドブレーカーを脱ぎ捨て、二丁のグロックのスライドを引いて初弾を込める。銃を抜きやすいようにＴシャツの上からズボンの後ろに差し込んだ。

猫空駅はロープウェイに沿って南北に長く、スロープで三階まで上がることができる。それだけは頭に入っていた。

「よし」

柊真はバイクのアクセルをふかすと交差点を左折し、改札に通じるスロープに入った。数メートル先に男が立っており、もう一人は改札の手前にいる。男は柊真を見つけると、銃を抜いた。すかさずスピードを上げて男を跳ね飛ばす。改札の向こうにいる男が銃撃してきた。

柊真はアクセルをふかして前輪を上げ、右手でグロックを抜きながら飛び降りた。バイクはウィリーした状態で改札に激突する。バイクを追いかけるようにスロープを駆け上がった柊真は、改札を抜けて倒れている男の頭を蹴り上げて昏倒させた。

銃弾が左肩を掠《かす》める。

柊真は身を屈《かが》めると、反対側にいる男の眉間《みけん》を撃ち抜く。

「動くな！」

男の声が構内に響いた。

奥のゴンドラ乗り場の手前にあるガラス張りの小部屋の脇に、馬博恒が立っている。その右手には銃が握られ、銃口は小部屋の中のマリアに向けられていた。彼女は猿轡をされており、両眼を見開いて柊真を見つめている。

「彼女を撃つな！」

柊真は右手の銃を上げた。

「どうやってここまで来られた？　ゆっくりと銃を捨てて、こっちに蹴れ！」

馬博恒が大声で怒鳴《どな》った。

「陳寧を殺し、海を泳いできた」

柊真は右手を上げたままグロックを床に落とした。

「クレイジーだが、とんでもなくタフで優秀な男だ。惜しいな。私と一緒に働かないか？」

馬博恒は大きな溜息《ためいき》を吐いてみせた。

「死んでも断る。おまえのクライアントは中央政治局か？」

柊真は足元の銃をあえてそのままにしている。なるべく会話をして相手を油断させるのだ。

「クライアントを明かすわけがない。たとえおまえが死ぬと分かっていてもな。さっさと銃を寄越《よこ》せ」

馬博恒は勝ち誇ったように言うと銃口を柊真に向けてきた。これで少なくともマリアは安全だ。

「話を聞けなくて残念だ」

柊真は左足で勢いよく銃を蹴った。

「死ね！」

馬博恒が発砲してきた。

柊真はそれよりも早く右に飛び、左手でグロックを抜いて連射した。

二発の銃弾は馬博恒の顔面に命中する。

立ち上がった柊真は、右足を引きずりながらガラス張りの小部屋に入った。

「時間が掛かってすまなかった」

柊真はマリアの猿轡を外し、拘束しているロープを解くと目線が合うように腰を落とした。

「あなたを信じていた」

マリアは止めどもなく涙を流しながら抱きついてきた。

「もう大丈夫だよ」

柊真はマリアを抱きしめた。

エピローグ

六月十四日、午後九時三十六分。マレーシア、ランカウイ島。

タラップを降りた柊真は、豪雨を避けようと空港ビルへ駆け込む乗客を尻目に悠然と歩いた。キャップを被《かぶ》り、いつものようにバックパッカーのような格好をしている。右足の腫《は》れはすでに引いており体調はいい。

四日前、マリアの救出に成功した柊真は、呉明賜を呼び保護を求めた。

柊真とマリアは、厳重な警備体制を敷かれた台北ノボテル桃園国際空港ホテルで、翌日から三日間一緒に過ごしている。もっとも、呉明賜に事情聴取のために何度も呼び出された。台湾にとっては有益な行動だったが、柊真の活躍を外部に漏《も》らすことはできないためマスコミ対策に追われたようだ。

生き残った人民偵探社のヒットマンは四人いたが、いずれも台湾当局に拘束されて、現在も取り調べを受けている。

中国政府は沈黙を守っているが、北京にある人民偵探社の社員は全員逮捕され、行方が分からなくなっているそうだ。中国政府は無関係ということを証明したいのだろうが、その徹底ぶりに苦笑するほかない。

今朝早くに在台湾スペイン連絡所から外交官がマリアを迎えに来た。事前に話し合いをしており、スペインで一年間の保護プログラムを勧められたのだが、彼女はそれならと国境なき医師団に参加することになっている。どちらにせよ、一旦帰国することになったのだ。

派遣先は決まっていないが外部との情報を断つことで、身の安全を図るという。パリの病院勤務に戻ることができないという事情もあるが、もともと国境なき医師団に応募するつもりだったらしい。危険を伴う活動だけに、これまで二の足を踏んでいたようだ。ハイジャック事件と拉致《らち》事件を経験し、踏ん切りがついたという。

柊真は彼女を空港まで見送り、その足でクアラルンプール経由でランカウイ島にやってきたのだ。

柊真は、簡単な入国審査を受けて空港ビルを出た。

「よっ！」

タクシーに乗ろうとしたら、すぐ目の前で浩志が右手を上げ、白い歯を見せた。

真っ黒に日焼けした肌にTシャツに半パン姿の浩志は現地の住民のように見える。柊真でさえ一瞬気が付かなかったほどだ。

「えっ！　わざわざ迎えに来てくれたんですか？」

柊真はキャップを脱《ぬ》いで頭を下げた。浩志に利用する航空便は伝えていたが、夜も遅いので適当に空港の近くにあるヴィラにチェックインするつもりだったのだ。

「買い物ついでだ」

浩志は屈託《くったく》なく白い歯を見せて笑った。

「申し訳ないです」

柊真は目を見張った。笑顔は何度も見たことはあるが、いつも陰があった気がする。浩志の明るい笑顔を初めて見た気がしたのだ。

浩志は横断歩道を渡り、空港の駐車場に停めてあるランドクルーザーに乗った。

「失礼します」

柊真は後部座席にバックパックを放り込んで助手席に乗った。

「空の旅は楽しかったか？」

車を出しながら浩志はさりげなく聞いてきた。

「えっ？　どこまでご存じなんですか？」

柊真はハイジャック事件のことを聞かれたのかと思い、首を傾《かし》げた。

「台湾経由で来たんだろう。何かいいことがあったんじゃないか？」

浩志は笑いながら質問で返してきた。

ハイジャック事件は世界的なニュースになったはずだが、浩志はそれも知らないらしい。傭兵代理店は休養中の浩志に気を遣《つか》って、連絡を絶っていると聞いた。ジャングルの中で世捨て人のように暮らしているらしい。

「えっ。まあ。彼女ができたというか」

柊真は照れながらも答えた。

スペインの外交官からさりげなく、マリアとは今後接触しないように忠告された。ハイジャック事件はともかく、拉致されたのは柊真の責任だからである。柊真も充分分かっていたことだ。

だが、彼女に別れを告げようとすると、その前に彼女から一年後に会うことを約束させられた。マリアは柊真の態度から察知していたらしい。彼女の意志は強固で、断れる雰囲気ではなかったのだ。

「何年か前まで守るべき人がいると、人は弱くなると俺は勘違いしていた。だが、人間は守るべき人がいるからこそ、闘えるんだ」

浩志は意味深な台詞《せりふ》を吐いた。人間と表現したのは、男女関係ないということなのだろう。

「……はい」

意味は分かるのだが、浩志の口から出たことにいささか驚いている。

「この島で少しのんびりしていけ」

浩志はまた笑った。

「藤堂さんは、いつ復帰されるんですか？」

柊真は単刀直入に尋ねた。リベンジャーズの仲間からも、浩志の進退について聞いてほしいと頼まれていたのだ。

「気の向いた時かな」

浩志は曖昧《あいまい》に答えた。

「……そうなんですか」

柊真は声のトーンを落とした。浩志は瀕死《ひんし》の重傷を負ってから復帰したものの、体調が優《すぐ》れずに長期休養をしている。とても「また一緒に闘おう」とは言えなかった。口ぶりから引退を考えているような気がする。

「世界を救えると思っていたが、おまえに任せるよ」

浩志は冗談ぽく言った。

三十分ほどでランカウイ島の北東部の入江にある桟橋《さんばし》に到着した。ランカウイ島屈指の観光スポットの一つであるタンジュン・ルーである。

桟橋にいくつも小型ボートが停まっている。ほとんどは観光用のボートだが、片隅に係留してあるプレジャーボートに浩志は乗り込んだ。

柊真が無言で乗り込むと、浩志は慣れた手つきで係留ロープを解き、ボートを出した。五分ほどでタンジュン・ルーの反対側の小さな砂浜に着いた。ランカウイ島最北端の半島で、手付かずのジャングルに覆われた人を寄せ付けない土地である。

浩志はハンドライトを点けて、砂浜に降りると、係留ロープを大きな椰子《やし》の木に縛り付けた。

「こっちだ」

浩志は、いきなりジャングルに分け入った。しばらく進むと小道になり、三〇〇メートルほどで岬の西側に出た。小道の先に、やがてコテージが現れた。平屋だがかなり大きい。長期療養をするために以前の二倍の大きさに改修したそうだ。屋根はカモフラージュネットが被せてあるので、上空からは視認できないだろう。

浩志が横のセンサーに手を翳《かざ》すと、ドアが開いた。掌《てのひら》認証の電磁セキュリティロックで施錠されており、ドアの表側は木製だが、内側は防弾の鋼鉄製になっている。改修したのは増築部分だけではなさそうだ。

「失礼します。えっ」

柊真は浩志に続いてコテージに入り、両眼を見開いた。

リビングのテーブルに米軍が使っている5・56ミリ、アサルトライフルのM27　IARとグロック19が置かれているのだ。

「すまない。手入れしている最中に、慌てて出かけたんだ」

浩志は笑いながら、グロックとM27　IARを片付けた。

「引退はなさそうですね」

柊真は笑みを浮かべた。

「生きているうちはな」

浩志は苦笑した。

この作品は書き下ろしです。
また本書はフィクションであり、登場する人物および
団体はすべて実在するものといっさい関係ありません。

一〇〇字書評

切・り・取・り・線

購買動機（新聞、雑誌名を記入するか、あるいは○をつけてください）

□（　　　　　　）の広告を見て	
□（　　　　　　）の書評を見て	
□ 知人のすすめで	□ タイトルに惹かれて
□ カバーが良かったから	□ 内容が面白そうだから
□ 好きな作家だから	□ 好きな分野の本だから

・最近、最も感銘を受けた作品名をお書き下さい

・あなたのお好きな作家名をお書き下さい

・その他、ご要望がありましたらお書き下さい

住所	〒				
氏名		職業		年齢	
Eメール	※携帯には配信できません	新刊情報等のメール配信を 希望する・しない			

この本の感想を、編集部までお寄せいただけたらありがたく存じます。今後の企画の参考にさせていただきます。Eメールでも結構です。

いただいた「一〇〇字書評」は、新聞・雑誌等に紹介させていただくことがあります。その場合はお礼として特製図書カードを差し上げます。

前ページの原稿用紙に書評をお書きの上、切り取り、左記までお送り下さい。宛先の住所は不要です。

なお、ご記入いただいたお名前、ご住所等は、書評紹介の事前了解、謝礼のお届けのためだけに利用し、そのほかの目的のために利用することはありません。

〒一〇一-八七〇一
祥伝社文庫編集長　清水寿明
電話　〇三（三二六五）二〇八〇

祥伝社ホームページの「ブックレビュー」からも、書き込めます。

www.shodensha.co.jp/
bookreview

祥伝社文庫

孤《こ》高《こう》の傭兵《ようへい》　傭兵代理店《ようへいだいりてん》・斬《ざん》

令和 6 年 11 月 20 日　初版第 1 刷発行

著　者　渡辺裕之《わたなべひろゆき》
発行者　辻　浩明
発行所　祥伝社《しょうでんしゃ》
東京都千代田区神田神保町 3-3
〒 101-8701
電話　03（3265）2081（販売）
電話　03（3265）2080（編集）
電話　03（3265）3622（製作）
www.shodensha.co.jp

印刷所　萩原印刷
製本所　ナショナル製本
カバーフォーマットデザイン　芥 陽子

Printed in Japan ©2024, Hiroyuki Watanabe ISBN978-4-396-35087-1 C0193

祥伝社文庫の好評既刊

渡辺裕之
聖域《せいいき》の亡者《もうじゃ》 傭兵代理店
チベット自治区で解放の狼煙《のろし》を上げる反政府組織に、藤堂の影が⁉ そしてチベットを巡る謀略が明らかに！

渡辺裕之
殺戮《さつりく》の残香《ざんこう》 傭兵代理店
最愛の女性を守るため。最強の傭兵・藤堂浩志が、ロシア・アメリカの謀略機関と壮絶な市街地戦を繰り広げる！

渡辺裕之
滅びの終曲 傭兵代理店
暗殺集団〝ヴォールク〟を殲滅させるべく、モスクワへ！ 襲いくる〝処刑人〟。藤堂の命運は⁉

渡辺裕之
傭兵の岐路 傭兵代理店外伝
〝リベンジャーズ〟解散後、平和な街で過ごす戦士たちに新たな事件が！ その後の傭兵たちを描く外伝。

渡辺裕之
新・傭兵代理店 復活の進撃
最強の男が還ってきた！ 砂漠に消えた人質。途方に暮れる日本政府の前にあの男が……。待望の2ndシーズン！

渡辺裕之
悪魔の大陸㊤ 新・傭兵代理店
この戦場、必ず生き抜く――。藤堂に新たな依頼が。化学兵器の調査のため内戦熾烈なシリアへ潜入！

祥伝社文庫の好評既刊

渡辺裕之

悪魔の大陸㊦ 新・傭兵代理店

この弾丸、必ず撃ち抜く――。傭兵部隊は尖閣に消えた漁師を救い出すべく、悪謀張り巡らされた中国へ向け出動！

渡辺裕之

デスゲーム 新・傭兵代理店

最強の傭兵集団vs.卑劣なテロリスト。ヨルダンで捕まった藤堂に突きつけられた史上最悪の脅迫とは⁉

渡辺裕之

死の証人 新・傭兵代理店

藤堂浩志、国際犯罪組織の殺し屋のターゲットに！ 次々と仕掛けられる敵の罠に、たった一人で立ち向かう！

渡辺裕之

欺瞞《ぎまん》のテロル 新・傭兵代理店

川内《せんだい》原発のHPが乗っ取られた。そこにはISを意味する画像と共にCD《カウントダウン》の表示が！ 藤堂、欧州、中東へ飛ぶ！

渡辺裕之

殲滅《せんめつ》地帯 新・傭兵代理店

北朝鮮の武器密輸工作を壊滅せよ！ ナミビアへ潜入した傭兵部隊を待ち受ける罠に、仲間が次々と戦線離脱……。

渡辺裕之

凶悪の序章㊤ 新・傭兵代理店

任務前のリベンジャーズが、世界各地で同時に襲撃される。だがこれは〝凶悪の序章〟でしかなかった――。

祥伝社文庫の好評既刊

渡辺裕之　紺碧《こんぺき》の死闘　傭兵代理店・改

反国家主席派の重鎮が忽然と消えた。男が触れてしまったとされる、現政権の存亡に関わる国家機密とは――。

渡辺裕之　荒原の巨塔　傭兵代理店・改

南米ギアナでフランス人女性大生の拉致事件が発生。そこには超大国の影が――闇に潜む弩級の謀略をぶっ潰せ！

渡辺裕之　邦人救出　傭兵代理店・改

米軍の完全撤退を受け、カブールが陥落。混乱に陥るアフガンで、精鋭の傭兵による邦人救出作戦が始動する！

渡辺裕之　凶撃の露軍　傭兵代理店・改

テロの真犯人を追って傭兵たちはウクライナへ。翌日、ロシアによる侵攻が。大統領の暗殺計画を阻止できるか？

渡辺裕之　修羅の標的　傭兵代理店・改

ザポリージャ原発を奪回せよ――ウクライナ国防相から極秘依頼を受けた傭兵たちはロシアの暴走を止められるか。

渡辺裕之　戦いの掟《おきて》　傭兵代理店・改

戦争で家族と引き離されたベラルーシ女性兵を救え！　傭兵たちはなぜ戦うのか――彼らの戦いの原点に迫る！

祥伝社文庫　今月の新刊

畠山健二
新 本所おけら長屋（二）
長崎から戻った万造は、相棒の松吉と便利屋《万松屋》を始めた。だが、請けた仕事を軒並み騒動に変えてゆく！ 大人気時代小説。

岩井圭也
いつも駅からだった
謎解きはいつも駅から始まった――。下北沢、高尾山口、調布、府中、聖蹟桜ヶ丘。五つの駅から生まれた、参加型謎解きミステリー！

渡辺裕之
孤高の傭兵　傭兵代理店・斬
南シナ海上空でハイジャックが！ 乗り合わせたのは一人の若き傭兵。犯行グループの真の狙いとは!? 大人気シリーズの新章、開幕！

松嶋智左
虚《うつろ》の聖域　梓凪子《あずさなぎこ》の調査報告書
転落死した甥の死の真相に迫る、元警察官の女性調査員。母ひとり、子ひとり。ふたりの幸せを壊したのは――心抉るミステリー。

岡本さとる
海より深し　取次屋栄三《えいざ》　新装版
心を閉ざす教え子のため……栄三は〝亡き母の声〟を届ける。クスリと笑えてホロリと泣ける、人情時代小説シリーズ第八弾！